恋に生きる万葉歌人

―高雅な歌から官能的な歌まで―

加納　邦光

目次

はじめに……5
第一部　古代の風習……9
一　妻問い婚と「母」の存在……9
二　歌垣・よばひ（よばい）……19
三　下着の紐・下着の交換……21
四　占い・まじない・俗信・霊魂……26
第二部　多様な恋模様……36
一　三角関係……36
二　贈答歌……50
三　切ない恋心と寂しさ……61

四　心の弱さ・強さ……67
五　うわさ……74
六　片思い……78
七　嫉妬……88
八　人妻への恋・浮気・姦通……90
九　官能的な歌……101
十　老いらくの恋……105

第三部　そのほかの恋の歌……110

あとがき……130
参考文献……137

恋に生きる万葉歌人　索引……139

はじめに

『万葉集』には心に残る名歌がたくさんある。

春の野に　霞たなびき　うら悲し　この夕かげに　鶯《うぐいす》鳴くも
（巻十九・四二九〇）

春の野に霞がたなびいていて、なんとなくもの悲しい。夕方の光の中でうぐいすが鳴いている。

天《あめ》の海に　雲の波立ち　月の船　星の林に　漕ぎ隠る見ゆ
（巻七・一〇六八）

天空の海に雲の波が沸き立ち、三日月の船がきらめく星々の林の中を漕ぎ隠れていくのが見える。

我が屋戸《やど》の　いささ群竹《むらたけ》　吹く風の　音のかそけき　この夕《ゆふべ》かも
（巻十九・四二九一）

我が家のわずかな群竹、その竹の中を吹きすぎる風の音がかすかに聞こえてくる。この夕暮れに。

采女《うねめ》の　袖吹きかへす　明日香風《あすかかぜ》　都を遠《とほ》み　いたづらに吹く
（巻一・五一）

明日香の都で采女の袖をひるがえしていた風は、都が遠くなり、今はむなしく吹いている。采女は天皇の世話に当たった女性である。

春の苑《その》　紅《くれなゐ》にほふ　桃の花　下照《したで》る道に　出で立つ少女《をとめ》
（巻十九・四一三九）

春の苑に紅色の桃の花が照り映えている。その桃の花が輝く下の道に乙女がたたずんでいる。

これらの歌は、その時の作者の状況を特に知らなくても、私たちの心をとらえて離さない「寂寥感」や「無常観」、また「花鳥風月」や「春夏秋冬」への細やかな感覚やロマンチシズムを伝えてくれる。

そうかと思えば、有馬皇子《ありまのみこ》の「磐代《いはしろ》の　浜松が枝《え》を　引き結び　真幸《まさき》くあらば　また還り見む」（巻二・一四一）（磐代の浜松の枝を結び合わせて無事を祈ったが、命永らえて戻り、また見ることができるだろうか）の歌はどうであろうか。皇子は謀反の疑いで、中大兄皇子《なかのおほえのみこ》の尋問を受け、一九歳の若さで紀伊の国・藤白の坂（海南市藤白）で絞首されている。皇子の無念さがひしと万人の胸を打つ。

また大伯皇女《おおくひめみこ》の「うつそみの　人にある我や　明日《あす》よりは　二上山《ふたかみやま》を　弟世《いろせ》と我が見む」（巻二・一六五）（この世の人間である私は、明日から二上山（奈良県葛城市と大阪府太子町にまたがる山）を弟として見ることとだろう）の歌も、処刑された弟の大津皇子《おおつのみこ》が眠る二上山を見上げる皇女の切々たる悲しみが伝わってくる。

今まではこのような趣のある「万葉秀歌」が主に紹介されてきたが、『万葉集』のほぼ半数を占める恋の歌でも、優雅で繊細な歌が好まれ、解説されてきている。しかし『万葉集』にはそのような歌だけでなく、俗な歌や露骨で官能的な歌も数多く含まれている。

『万葉集』の成立は、今から千二百年以上も前と言われている。一方、「儒教」は五世紀頃に日本に伝わり、飛鳥時代の斉明天皇も儒教に深く帰依している。そして江戸時代において徳川幕府の政治制度を支える思想として、儒教思想の一つである「武士道精神」が重んじられ、推奨された。それが明治以降にも引き継がれ、「教育勅語」などにも取り入れられていった。この儒教の影響の下に、「君臣」、「父子」、「夫婦」などの間の「忠孝」、「長幼の序」、「貞節」などが重んじられたのであるが、『万葉集』の時代では、儒教の影響はまだそれほど強くはなかった、と考えられる。そのような状況から現代の私たちの感覚に近い率直な歌が多く詠まれてきたのではないだろうか。

本書では情趣あふれる優雅で繊細な歌だけでなく、このような歌を大いに取り上げて、当時の「習俗」と共に見ていこうと思う。その方が、多種多様で、多彩な『万葉集』の世界に触れることができると思うからである。「習俗」にも言及するのは、例えば「占い」など、現代にも似たようなものがあるが、やはり現代とは大いにものの見方や考え方、また「慣習」が違うので、それがどのように形を変えて、現代にまで伝承されているのか、考えるうえでの参考にもなると思うからである。

第一部　古代の風習

一　妻問い婚と「母」の存在

『万葉集』には妻や恋人を「妹《いも》」、夫や恋人を「背《せ》（兄）」、または「背子《せこ》」と呼ぶ歌が多くある。この「妹」や「背（兄）」には、母が違っていれば、姉妹（兄弟）とでも結婚できたことを意味していた。例えば、大伴坂上郎女《おおとものさかうえのいらつめ》は大伴宿奈麻呂《おおとものすくなまろ》と夫婦となり、坂上大嬢《さかのうえのおほをとめ》と坂上二嬢《さかのうえのおとをとめ》の親となっているが、二人の父は大伴安麻呂であった。

そして古代の社会では夫婦を「めをと（女男）」、父母は「おもちち（母父）」、兄妹も「妹背（兄）（いもせ）（夫婦の意味もある）」と、女性または「母」の方を先に言い表していた。つまり、子供の養育では母権が強く、子供はもっぱら母方で育てられていた（『（新編）日本古典文学全集　萬葉集一』）。このことは、後の時代になって、儒教や仏教の影響で女性は「罪深いもの」と見なされたりもしたが、古代においては　宗教的・呪術的な役割を担っていたことから、神の声を聞くことができる存在と考えられていたことと関係していたのかもしれない（「日本女性会議さかい2009」での「百舌鳥古墳群の時代～古代における女性～」佐古和枝関西外国語大学教授・白石太一郎近つ飛鳥博物館館長対談）。

こうして男が女の家に夕方か夜に出かけ、朝方に帰るという「妻問い婚」という習俗ができていたのである。

古《いにしへ》に　在《あ》りけむ人の　倭文幡《しづはた》の　帯解《おびと》きかへて　伏屋《ふせや》立て
妻問《つまど》ひしけむ　葛飾《かつしか》の　真間《まま》の手児名《てこな》が　奥《おく》つ城《き》を　こことは聞けど……
（巻三・四三一　長歌の一部）

遠い昔の男たちが、倭文織りの帯を解き合って、寝屋を建てて　愛をかわしたという葛飾の真間の手児名の墓はここだと聞くが……（真間は千葉県市川市真間）。

伏屋は「伏す」ための建物（寝屋）であり、妻屋でもあった。ここに男が通うのである。女は男が訪ねてくるのを、ただひたすら待つしかない。

君は来《こ》ず　我は故無《ゆゑな》く　立つ波の　しくしくわびし　かくて来《こ》じとや
（巻十二・三〇二六）

あなたは来ない。私は波立つさざれ波のようにわけもなくじりじりとつらい気持ちで、あなたがお出でになるのを待っているのです。このままお出でにならないつもりなのですか。長い夜、まんじりともせず待つ女のやりきれないいらだち、寂しさや辛さが見事に表現されている。

恋ひつつも　今日《けふ》はあらめど　玉匣《くしげ》　明けなむ明日《あす》を　いかに暮さむ
（巻十二・二八八四）

恋い慕いながら今日という日はどうにか過ごせそうですが、（玉匣《くしげ》）一夜明けた明日の日をどのように過ごしたらよいというのでしょう。

この歌からも暗闇の中で男の訪れを待つ女のやり切れない切なさ、そのため息やうめき声が聞こえてくるようである。女の化粧道具である（「明く」にかかる）「玉匣《くしげ》（櫛笥）」という枕詞も、効果的に使われている。

朝烏《からす》　早くな鳴きそ　我が背子が　朝明《け》の姿　見れば悲しも
（巻十二・三〇九五）

カラスよ、朝早くから鳴かないでおくれ、愛しい人が朝になって、帰って行く姿を見るのがつらいので。

「妻問い婚」では、男は朝になると、女のところから帰ってしまう。女にはそれがつらく、悲しい。

そして男もそんな女の姿を見るのが切なく、またいとおしくもある。

夜《よ》のほどろ　我が出《い》でて来《く》れば　我妹子《わぎもこ》が　思へりしくし　面影《おもかげ》に見ゆ
（巻四・七五四）

私がまだ暗いうちに家を出ていくと、愛しいあなたが思いに沈んでいる姿が目の前に浮かんでくる。

この「妻問い婚」と意味内容が重なるのが、「よばひ（よばい）」である。「よばい」とは女の家に行き、その名を「呼ぶ」ことから、「求婚」を意味していた。

他国《ひとくに》に　結婚《よばひ》に行きて　大刀《たち》が緒も　いまだ解かねば　さ夜そ明けにける

（巻十二・二九〇六）

よその国へ妻を探しに出かけて、（その娘と同衾するために）腰に差した大刀の紐も解かないうちに、夜が明けてしまった。

「夜這い」の風習は、明治、大正の時代でも農村などに残っていたようであるが、この当時は天皇でも「よばひ」する、求婚の神聖な行為であった。

隠口《こもりく》の　泊瀬小国《はつせをくに》に　よばひ為《せ》す　我が天皇《すめろき》よ

奥床《おくとこ》に　母は寝たり　外床《とどこ》に　父は寝たり……

（巻十三・三三一二　長歌の一部）

（隠口《こもりく》の）泊瀬小国に妻を求めて来られた天皇様、奥の床には母が寝ています。その手前の床では父が寝ています。……（泊瀬は桜井市初瀬《はせ》）。

この歌では、母が家の奥に寝ていて、父が家の入口近くで寝ているが、この歌からも古代社会では母権の力が強かったことを推測させる。母系社会では「母」から「娘」へと家や財産が引き継がれていく。そのため母は娘がどのような男と結ばれるのか、絶えず目を光らせ、娘の方も監視者である母を絶えず気にすることになる。それだけ母の存在は大きかったのである。

我が背子が　言《こと》うつくしみ　出《い》で行かば　裳引《もびき》しるけむ　雪な降りそね

（巻十・二三四三）

あなたの言葉がいとおしくて、外に出て行けば、裳裾の跡がはっきりとつくでしょう。雪よ、降らないでおくれ。

恋人の言葉が愛しく、母の目を盗んで家の外に出るのだが、裳の裾跡が雪に残り、恋人に逢いに出かけたのが母にわかってしまう。母と恋人の間で心は揺れる。

玉垂《たまだれ》れの　小簾《をす》の隙《すけき》に　入り通ひ来《こ》ね　たらちねの　母が問はさば　風と申《まを》さむ

玉を垂らした簾の隙間からそっと入って来てください。（たらちねの）母が尋ねたら、風と言いましょう。

（巻十一・二三六四）

母の存在は大きいのだが、やはり男が恋しい。母への気兼ねが起きるが、逢いたくて、何とか言いつくろうとしている。

また母が娘を叱ることもある。

誰《たれ》そこの　我が屋戸《やど》に来喚《きよ》ぶ　たらちねの　母に嘖《ころ》はえ　物思ふ我を

（巻十一・二五二七）

誰が私の家に来て呼ぶのでしょう。（たらちねの）母に叱られて物思いに沈んでいる私なのに。

女は母に叱られているのに、男は無神経にも女を呼んでいる。女のじりじりとしたいらだち、悩んでいる姿が目に浮かぶようである。

そして相手に「自重」を求める歌もある。

たらちねの　母に障《さや》らば　いたづらに　汝《いまし》も我も　事は成るべし

（巻十一・二五一七）

（たらちねの）お母さんの気に障《さわ》ってしまったら、あなたと私の事は駄目になってしまうでしょう。

男の歌か、女の歌か注釈書によって解釈が分かれているが、母の機嫌を損ねてしまったら、二人が一緒になる努力もうまくいかなくなってしまう、と相手に自重を促している。

母の監視に反抗している歌もある。

魂合《たま》はば　相寝《あひぬ》むものを　小山田《をやまだ》の　鹿猪田禁《ししだも》る如《ごと》　母し守《も》らすも

（巻十二・三〇〇〇）

心がつながっていれば、私たちは寝ますよ。それなのに鹿や猪が荒らす山あいの田んぼを見張るように、お母さんは見張っていることだ。

そして厳しい監視の目をくぐって、母に背いてしまうこともある。

駿河《するが》の海　磯辺《おしへ》に生《お》ふる　浜つづら　汝《いまし》をたのみ　母に違《たが》ひぬ
（巻十四・三三五九）

駿河の海岸の磯に生えて、延び続ける浜つづらのように、私はあなたを頼りにし続けて、母に背いてしまいました。

母と恋人の挟間で母に背き、恋人に賭けようとする娘の心細い心情が吐露されている。

たらちねの　母が手放れ　かくばかり　すべなき事は　いまだ為《せ》なくに
（巻十一・二三六八）

（たらちねの）母から離れてしまうと、どうして良いものか、こんなにわからなくなってしまうなんて……。

実際に母から離れてしまうと、心細く不安になるのも娘心。やはり母の存在は大きいのである。

このように男は女の母親の厳しい監視を受けながらも、女のところに通う（妻問い・よばいする）のである。

そして「よばい」は普通、男が女の許に通うのであるが、女の方から男のところに行くこともあった。

立ちて思ひ　居《ゐ》てもそ思ふ　紅《くれなゐ》の　赤裳裾《すそ》引き　去《い》にし姿を

（巻十一・二五五〇）

立っていても座っていても、想います。赤い裳の裾を引いて去っていったあの人の姿を。

思ひつつ　をれば苦しも　ぬばたまの　夜《ゆふへ》にならば　我こそ行かめ

（巻十二・二九三二）

想いつづけながら、待っているのは辛い。（ぬばたまの）夜になったら、私の方から逢いに行きましょう。

二　歌垣・よばひ（よばい）

さて、この「妻問い婚」、或いは「よばい」と密接に関係しているのが、「歌垣」（うたがき・嬥歌《かがひ》）である。多数の男女が山や「市」が開かれる広場などに集まり、飲食しながら互いに歌を掛け合い、舞い踊り、「大婚活パーティ」を催し、その際「フリーセックス」も楽しんだ。有名なのは茨城県の筑波山や奈良県桜井市の海石榴市《つばき》などでの歌垣である。「乱交パーティ」であるから、妊娠して生まれても、誰の子供かわからないこともありえたが、当時は死亡率が高いこともあってか、あまり気にすることなく、それぞれの共同体で育てたようである。豊作祈願と出産（セックス）は、同じ「生産」という観念からあまりタブー視されていなかった、と言えよう。

鷲の住む　筑波の山の　裳羽服津《もはきつ》の　その津の上《うへ》に　率《あとも》ひて　未通女《をとめ》壮士《をとこ》の　行き集《つど》ひ
かがふ嬥歌《かがひ》に　人妻に　我も交《まじ》らむ　我が妻に　他《ひと》も言《こと》問へ　この山を　領《うしは》く神の

昔より　禁《いさ》めぬ行事《わざ》ぞ　今日《けふ》のみは　めぐしもな見そ　言も咎《とが》むな
（巻九・一七五九）

鷲が棲む筑波山の裳羽服津のその泉のほとりで、男女が誘いあって、集まり、にぎやかに歌い踊る嬥歌で、私も人妻と交わろう。私の妻に他の男も言い寄るがいい。この山を支配する神が昔からお許しになっている事なのだ。今日だけは見苦しいと思わないでほしい。咎め立てしないでほしい。

高橋虫麻呂の長歌であるが、茨城県筑波山の「歌垣」に男女が集い、人妻とセックスし、自分の妻にも他の男と「どうぞ」と勧めている。そして「今日ばかりは神も咎めるな」というのである。これが真実なのかと、疑問視する見方もあるが、『常陸風土記《ひたちふどき》』にも「歌垣」の歌が載っていて、やはりこのような集いが行われていたと思われる。

筑波嶺《つくばね》に　廬《いほ》りて　妻なしに　我が寝む夜《よ》ろは　早も明けぬかも

筑波山の夜に廬《いおり》を結び（仮小屋を建て）、歌垣の夜だというのに、共に寝る恋人もなくひとりで寝る夜は、早く明けてしまってくれないかなあ。（『（新編）日本古典文学全集　風土記』）

海石榴市の歌垣の歌も紹介しよう。

海石榴市《つばいち》の　八十《やそ》の衢《ちまた》に　立ち平《なら》し　結びし紐を　解かまく惜しも

（巻十二・二九五一）

海石榴市のいくつにも別れる辻で、地面を踏みならして踊り、愛し合って結んだ紐を解くのは惜しい。

海石榴市（奈良県桜井市金屋付近）に人々が集まり、「市」が開かれた。その際、男女は広場の地面を平らにするほどに踊り、相手を見つけて、愛し合った。そして男と女が別れる時、男が女の下着の紐を結んでやったのであるが、女はその紐が他の男の手で解かれるのが「残念だ」と詠っているのである。

三　下着の紐・下着の交換

「下着の紐」（下裳に付けてある紐）であるが、「紐を結ぶ」とか「紐を解く」という表現は、性的な関係をもつことを意味していた。海石榴市の恋人たちも、また逢う時まで他の人と交わらないことを誓うために、お互いの下着の紐を結び合っているのである。

　二人して　結びし紐を　一人して　我は解き見じ　直《ただ》に逢ふまでは

（巻十二・二九一九）

お別れする時、二人で結んだ下紐を私ひとりで解いたりはしない。またあなたと直接逢うまでは。

そして「紐を解く」ことは愛し合うことだった。

　天の川　川門《かはと》に立ちて　我が恋ひし　君来ますなり　紐解き待たむ

（巻十・二〇四八）

天の川の渡し場にたたずんでいると、恋い慕うあの方がお出でになる音がする。下着の紐を解いてお待ちしましょう。

女（織女）は天の川の川辺に立ち、近づいてくる舟の櫓の音を聞きながら、愛しい人が来るのを待っている。そして「裳（下着）の紐を解いてあの方と寝る準備をしておきましょう」と、胸をときめかせているのである。

はね蘰《かづら》　今する妹が　うら若み　笑《ゑ》みみいかりみ　着《つ》けし紐解く
（巻十一・二六二七）

一）はねかずらをつけるようになった妹は、まだ初々しいので、ほほえんだり、すねたりしながら、下着の紐を解く。

二）はねかずらをつけるようになった妹が初々しいので、私は笑ってみたり、怒って見せたりして、妹の下着の紐をほどく。

「笑みみ怒りみ」するのが、「妹」とする解釈と「男」とする解釈がある。「妹」とすると、まだ初々しい妻（恋人）が、男と寝る前に微笑んだり、すねたりして、男をじらしながら下着の紐をほどいている様子が浮かぶ。「男」とすると、かわいらしい恋人（妻）をなだめたり、すかしたりしながら、「思い」を遂げる男の喜びが顕れている。はねかずらは成人した若い女性の髪飾りである。

そして「紐が解ける」というのは、恋人に逢える「前兆」や、相手が思ってくれているという「しるし」であった。

愛《うつく》しと　思へりけらし　莫《な》忘れと　結びし紐の　解くらく思《も》へば

（巻十一・二五五八）

私のことを「愛しい」と思っていておいでなのだわ。「忘れないでいておくれ」と、結んでくれた紐がほどけてくるのですから。

また紐を解いて逢える「前兆」を、自ら作り出すということもあった。

人に見ゆる　表《うへ》は結びて　人の見ぬ　裏紐《したびも》あけて　恋ふる日そ多《おほ》き

（巻十二・二八五一）

人の目にふれる上着の紐は結び、人の目にふれない下着の紐は解いておいて、あなたを恋い慕う日が多いのです。

自分から紐をほどいて、逢える前兆を作り出しているのである。

このような歌を贈られては、男たるもの、嫌いな女でもない限り「勇み立つ」のではないだろうか。

また恋人や夫婦はお互いに下着を交換して身に着け、逢う時まで脱がないということで、離れていても、心はつながっているという願いや祈りを込めたのである。

我妹子《わぎもこ》が　形見《かたみ》の衣《ころも》　下に着て　直《ただ》に逢《あ》ふまでは　我脱《ぬ》かめやも
（巻四・七四七）

あなたからいただいた思い出の衣（下着）を身に着け、あなたに直接またお逢いできる日まで、決して脱いだりはしません。

別れなば　うら悲《がな》しけむ　我《あ》が衣　下にを着ませ　直《ただ》に逢ふまでに
（巻十五・三五八四）

お別れしてしまうと、悲しいことでしょう。どうぞ、あたしの下着を肌身にお付けになって下さい。直接またお目にかかる日まで。

遣新羅使の贈答歌である。遠くへ旅立つ愛しい人と辛い別れをしても、お互いの下着を身に着けることで、「魂」はつながっている証として、命を懸けた危険な旅の無事を祈っているのでである。

四　占い・まじない・俗信・霊魂

前述したように、「紐が解ける」には恋人に逢える「前兆」が込められ、また「下着の交換」でも、そのような行為で相手の心（魂）につながろうとする祈りが込められていた。また「袖を振る」や「袖返す」という表現にも、惜別の念や愛情の表れと共に、離れていても、「共にありたい」という願望や、相手の魂を招き寄せるという「呪術」の意味が込められていた。

石見《いはみ》のや　高角山《たかつのやま》の　木《こ》の際《ま》より　我が振る袖《そで》を　妹《いも》見つらむか

（巻二・一三二）

石見の高角山の木立の間から私が振っている袖を妻は見ていてくれるだろうか（高角山は島根県江津市にある山という説がある）。

旅路の柿本人麻呂が高角山の木立の間から妻に手を振り、妻の魂を招き寄せ、一緒にいたいと願い、祈っているのである。

また「袖を折り返して寝る」と、愛しい人に夢で逢えるという「俗信」があったか、あるいは「まじない」であった。

我妹子に　恋ひてすべなみ　白栲《しろたへ》の　袖返ししは　夢《いめ》に見えきや

（巻十一・二八一二）

あなたが恋しくてどうしようもなく、（白栲《しろたへ》の）袖を折り返した私の姿が夢に現れたでしょうか。

この歌はこれに続く次の歌と問答歌となっている。

我が背子が　袖返す夜の　夢《いめ》ならし　まことも君に　逢へりし如し

（巻十一・二八一三）

愛しいあなたが袖を折り返してお休みになった夜の夢だったのですね。本当にあなたにお逢いしているようでした。

また巻十二の「二九三七番」の歌も、同じような「袖の折り返し」と「夢」の歌となっている。

さらに言うと、袖を折り返さなくても、夢に相手が現れると、その相手が自分を想っていてくれている、と考えるところもあった。

我が恋は　慰めかねつ　ま日《け》長く　夢《いめ》にも見えずて　年の経《へ》ぬれば

（巻十一・二八一四）

私の恋しい想いは、慰めようもありません。長いことあなたは夢の中にも現れないまま、年月が経っていくばかりですので。

また「磯城島《しきしま》の　日本《やまと》の国は　言霊《ことだま》の　たすくる国ぞ　ま幸《さき》くありこそ」（巻十三・三二五四）」（磯城島《しきしま》の）大和の国は魂が宿る言葉によって助けられている国です。（それだからこそ、言葉に出して言うのです。）どうか、ご無事でいて下さい）と詠われているように、「言霊」（言葉に宿る霊魂）を大切にした。

それだけに不吉な言葉を口に出してはいけないとか、「愛しい人の名前を口に出すと、その人に災いをもたらす」とか、或いは「その人の魂を自分から離してしまうことになる」として夕ブー視されたりもした。

思ふにし　余《あま》りにしかば　すべを無み　我は言ひてき　忌むべきものを

（巻十二・二九四七）

恋しさに耐えきれず、どうにもならなくなって、あの人の名前を口に出してしまった。慎むべきことなのに。

あらたまの　年の経《へ》ぬれば　今しはと　勤《ゆめ》よ我が背子《せこ》　我が名告《の》らすな

（巻四・五九〇）

お逢いしてから（あらたまの）年月が経ったので、今はもうよいだろうと思って、私の名を漏らしたりなど、決してしないで下さい。

髪についても「黒髪を敷く」や「黒髪を乱す」のも相手を招き寄せるための、また「髪を梳《くしけず》らない」のが、共寝した相手のなごりを留めておいて、相手を招き寄せるための呪術的な行為という意味合いが込められていた。また「結った髪が自然にほどけると、愛されている顕れ」

だとする「俗信」もあった。

ぬばたまの　黒髪敷きて　長き夜を　手枕《た》の上《うへ》に　妹待つらむか

（巻十一・二六三一）

（ぬばたまの）黒髪を敷いて長い夜の間、自分の手を枕にして、あの人は私を待っているだろうか。

朝寝髪《い》　我は梳《けづ》らじ　愛《うつく》しき　君が手枕《た》　触れてしものを

（巻十一・二五七八）

朝の乱れた髪を私は櫛でとかしたりはしない。愛しいあの方の手枕が触れたのですから。

ぬばたまの　我が黒髪を　引きぬらし　乱れてさらに　恋ひわたるかも

（巻十一・二六一〇）

（ぬばたまの）黒髪をほどき、髪も心も乱れて、なお一入《ひとしお》私は恋しつづけることだ。

嘆きつつ　大夫《ますらをのこ》の　恋ふれこそ　我が髪結《ゆひ》の　漬《ひ》ぢてぬれけれ

（巻二・一一八）

立派な男子であるあなたが嘆き苦しんで、私に恋してくださるからこそ、私の結った髪が濡れてひとりでにほどけたのですね。

「下紐」もそうであったが、「眉を掻く」とか「くしゃみ」なども、相手を呼び寄せる「呪術」であった。

月立ちて　ただ三日月の　眉根《まよね》掻き　日《け》長く恋ひし　君に逢へるかも

（巻六・九九三）

月が改まって、たった三日しか経っていない月のような細い眉を掻いて、あなたがお出でになるのを長い間待っていましたら、やっとお逢いできました。

眉根《まよねか》掻き　鼻ひ紐解け　待つらむか　何時《いつ》かも見むと　思へる我を

（巻十一・二四〇八）

眉を掻き、くしゃみをし、下紐を解いて待っているのだろうか。早く逢いたいと思っている私を。

月夜《つくよ》よみ　門《かど》に出で立ち　足占《あうら》して　ゆく時さへや　妹に逢はざらむ
（巻十二・三〇〇六）

月がきれいな夜なので、家の門に出て足占いして行くのだが、その時であっても、あの子に逢えないのだろうか。

「足占」は、今でも同じようなことが行われているのではないだろうか。目標とするところまでの歩いた歩数によって占いをするのである。家の門に立って、あの人に「逢えるだろうか」、「逢えないだろうか」と数えて行って、また「逢えないのではないだろうか」と心配しているのである。

因みに外国で有名なのは、ドイツの文豪、ゲーテの『ファウスト』に、マルガレーテ（グレートヒェン）が「あの人は私を愛してる」、「愛していない」と交互に花びらをちぎる花占いの「シーン」がある。

夕占《ゆふけ》にも　今夜《こよひ》と告《の》らろ　我が背なは　何《あぜ》そも今夜　よしろ来まさぬ

夕べの占いにも「今夜」と出たのに、どうしてその今夜も来てくださらないのだろう。

（巻十四・三四六九）

道端に立って、道行く人の話す言葉を聞いて「吉」、「凶」を占ったのである。「今夜は来ると占いに出たのに、どうして来てくれないのだろう」と嘆いているのである。「告らろ」は「告れる」の東国なまりである。

水占いというのもあった。

妹に逢はず　久しくなりぬ　饒石川《にぎしがは》　清き瀬ごとに　水占延《みなうらは》へてな

（巻十七・四〇二八）

あの人に逢わないで長い時が経ってしまった。饒石川の清い浅瀬があるごとに水占いをしてみよう（饒石川は石川県輪島市で日本海に注ぐ仁岸川）。

大伴家持が越中守（現在の富山県と石川県北部の長官）であった時に詠まれた歌とされるので、都にいる妻か恋人が元気でいるか、占ったのであろう。どのような水占いであったのかは、よくわかっていない。

また「霧」や「雲」がその人（死者も含む）や相手の霊魂であるという考えがあった。

君が行く　海辺《うみへ》の宿に　霧立たば　我《あ》が立ち嘆く　息と知りませ

（巻十五・三五八〇）

あなたが行く海辺の宿に霧が立ち込めましたら、私が立ち尽くして嘆いているため息だとわかって下さい。

この歌は「遣新羅使」の贈答歌の一つであるが、当時の旅は、特に外国への旅は現代とは違って、命がけの旅であり、永遠の別れになる可能性も大きかった。それだけに「はく息」は、「霧」（「魂」）となって、愛しい人のところにかかり、「無事」を祈る切々とした想いとなっているのである。

我《あ》が面《おも》の　忘れむ時《しだ》は　国はふり　嶺《ね》に立つ雲を　見つつ思《しの》はせ

（巻十四・三五一五）

私の顔を忘れそうなときは、地上から沸き立ち、山の嶺まで立ち昇る雲を見ながら、私のことを偲んでください。

恋人の霊魂が沸き立つ「雲」となって、恋人のところに浮かんでいるのである。

また道の曲がり角には、霊的なものが宿っているという考えもあった。

後《おく》れ居て　恋ひつつあらずは　追《し》ひ及かむ　道の阿廻《くまみ》に　標結《しめゆ》へ我が背《せ》
（巻二・一一五）

後に残されてあなたを恋しく想っているよりも、あなたを追いかけて行きます。どうぞ、道の曲がり角ごとに目印を付けておいて下さい。愛しい方。

穂積皇子《ほづみのみこ》が志賀の崇福寺に遣わされた時に但馬皇女《たじまこのひめみこ》が詠んだ歌である。皇女は「道の曲がり角に目印を付けておいてください」と詠っているが、この曲がり角の「霊的なもの」に捧げものをしたりして道中の無事を祈り、通って行くのである。二人については、「三角関係」のところで更に言及する。

第二部　多様な恋模様

一　三角関係

（一）中大兄皇子《なかのおほえのおうじ》（天智天皇）　大海人皇子《おほあまのみこ》（後の天武天皇）　額田王《ぬかたのおほきみ》

香具山《かぐやま》は　畝傍《うねび》を　をしと　耳梨《みみなし》と　相《あい》あらそひき　神代《かみよ》より
かくにあるらし　古昔《いにしへ》も　然《しか》にあれこそ　うつせみも　嬬《つま》をあらそふらしき
（巻一・十三）

香久山は畝傍山が愛しくて、耳成山と争った。神々の時代からこのようだ。昔もそうだから、今でも妻をめぐって争うらしい。

反歌

香久山と　耳梨山と　あひし時　立ちて見に来《こ》し　印南国原《いなみくにはら》

（巻一・十四）

香久山と耳梨山が争った時、阿菩《あぼ》の大神が立ち上がって、見に来た印南国原よ（印南国原は兵庫県加古川市・明石市の一帯）。

この反歌には『播磨国風土記』に似たような話が伝えられていて、出雲の阿菩の大神が三山争いの調停に来たことが載っている（『（新編）日本古典文学全集　風土記』）。また山の性別には諸説あって、香具山と耳梨山が男で畝傍山が女、或いは香具山と耳梨山が女で畝傍山を男とする説もあったりする。

この歌の作者が中大兄皇子であるところから、「畝傍ををしと」（畝傍を愛しいと）と捉えて、中大兄皇子が弟の大海人皇子と額田王を巡って争ったことを詠んだ歌で、後の「壬申の乱」の原因になったとする説もある。

そしてこの歌の後に額田王と大海人皇子との世に広く知られた贈答歌がある。

あかねさす　紫野《むらさきの》行き　標野《しめの》行き　野守《のもり》は見ずや　君が袖振る

あかね色をおびた紫草の野を行き、御料地の標野を行くと、野の番人が見ていないでしょうか。あなたが袖を振っているのを。

（巻一・二〇）

紫草《むらさき》の　にほえる妹《いも》を　憎くあらば　人妻ゆゑに　我恋ひめやも

（巻一・二一）

紫草のように美しく照り輝くあなたが嫌だったら、どうして人妻であるのを知りながら、恋い慕うことがあるでしょうか。

六六八年、天智天皇は蒲生野（滋賀県近江八幡市あたり）で「薬狩り」（「薬草取り」や薬になるとされた「鹿の角狩り」）を行った。その時、しめ縄などを張って一般の立ち入りを禁じている御料地で、私に袖を振ったりしては、御料地の番人が見てしまうのではないですか、と額田王は詠っている。それに対して、大海子人皇子は、「紫草のようにあでやかなあなたが人妻だからといって、どうして恋い慕うのをやめられるでしょうか」と返しているのである。当時の額田王は、すでに四十歳に近いことから、二人の恋愛関係を詠った歌ではなく、宴会での座興であったというのが定説である。しかし『藤氏家伝』では次のように伝えている。

「ある時、天智天皇（帝）は群臣を招集して、琵琶湖のほとりの楼閣《ろうかく》で酒宴を開かれた。宴たけなわを迎え、列席者の感興最高潮に達した。その時、突然、大皇弟（大海人皇子《おおあまの》）が、長い槍で敷板を貫かれた。天皇は驚き、大変お怒りになって、その場で大海人皇子を殺そうとされた。しかし、大臣（鎌足）が強く諫《いさ》めたので、かろうじて思いとどまられた」というのである。

とすると、この歌は座興の歌であり、そして額田王は今では天智天皇の妻の一人ではあるのだが、大海人皇子との間に十市皇女《とほちのひめみこ》も生まれていることもあり、「過去の思い出」であったとしても、お互いを恋い親しく思う気持ちが心の奥底にあったとみることもできるようにも思われる。

（二）十市皇女　高市皇子《たけちのみこ》　大友皇子

十市皇女は大海人皇子と額田王の間に生まれている。皇女は天智天皇の息子である大友皇子の妃となるが、夫は「壬申の乱」（六七二年）で、父の大海人皇子に敗れ、亡くなる。この戦いでの大海人軍の総大将だったのが高市皇子だが、十市皇女と父を同じくし、同じ年頃の幼なじみであった。「壬申の乱」の六年後、天武天皇が倉橋河上流のほとりに建てた斎宮に行幸しようとした日、十市皇女は宮中で急死する。この急死については自殺説、暗殺説などあるが、真相は分かっていない。

高市皇子は皇女の死を悼んで、挽歌を詠んでいる。

山振《やまぶき》の　立ち儀《よそ》ひたる　山清水　酌《く》みに行かめど　道の知らなく

（巻二・一五八）

山吹の花がよそおい美しく咲いている山に、清水を汲みに行こうと思うのだが、その道がわからない。

「山吹」を十市皇女に重ねている。死後の世界のことを「黄泉《よみ》」と言うが、山吹の黄色と清水（泉）で「黄泉」とし、今は亡き十市を黄泉の国に訪ねて行きたいと思うのだが、この世の自分にはその道がわからない、と痛切に皇女を悼んでいる。

十市皇女には大友皇子と間に葛野王《かどののおほきみ》が生まれていて、大友皇子との仲も悪くなかったという説もある。また高市皇子は十市皇女が死去した頃には、御名部皇女《みなべのひめみこ》と結婚していたと思われることもあり、二人の関係がどの程度のものであったのかは、よくわからない。十市皇女の夫と父が戦い、そして高市皇子は大海人皇子軍の総司令官だった。高市皇子はこの複雑な運命に翻弄された「姉妹」への懺悔と鎮魂の念で詠ったのかもしれないが、この歌には十市皇女への皇子の強い愛情も十分に感じ取ることができる。

（三）石川郎女《いらつめ》　大津皇子　草壁皇子

日本最古の漢詩集である『懐風藻』（『日本古典文学大系　69』）によれば、大津皇子は「体格や容姿がたくましく、度量は大きく、深かった。幼い頃から学問を好み、智識は深く、見事な文を書いた。成長すると、武芸を好み、腕力は強く、巧みに剣を使った。その人柄は自由気ままで、規則に縛られず、また高貴な身分でありながら謙虚で、人士を厚く礼遇した。このため多くの人々がつき従った」とある。皇子の母は持統天皇の姉の大田皇女であったが、大田皇女が亡くなった後、持統天皇にとって自分の子供である草壁皇子を皇位に就けるには、人望ある大津皇子は目障りな存在であった。

石川郎女は『万葉集』の巻二の「一二九番」で、大津皇子の侍《まかたち》（侍女）となっているが、草壁皇子の妻妾のうちの一人であったことから、大津皇子との間で三角関係にあった（一二九番の歌では石川女郎となっているが、大津皇子と交渉のあった石川郎女と同一人物と思われる。

（『（新編）日本古典文学全集　萬葉集一』）。

石川郎女と大津皇子は次の歌を交わしている。

あしひきの　山のしづくに　妹待つと　我が立ち濡れし　山のしづくに
（巻二・一〇七）

あなたを待って立ちつづけ、（あしひきの）山のしずくで、濡れてしまいました。

石川郎女これに応えて次のように詠っている。

我《あ》を待つと　君が濡れけむ　あしひきの　山のしずくに　成らましものを
（巻二・一〇八）

私を待って、あなたが濡れたという（あしひきの）山のしずくに私はなりたいものです。

この問答歌からみて、二人は相思相愛の間柄であったのは間違いないであろう。

一方、草壁皇子も石川郎女に歌を贈っている。

大名児《おほなご》が　彼方《をちかた》野辺に　刈る草《かや》の　束《つか》の間《あひだ》も　我が忘れめや
（巻二・一一〇）

大名児が向こうの野辺で刈っている萱《かや》の、その束の間の短い時間であっても、私は忘れることはない。

大名児は石川郎女のことであり、草壁皇子は郎女を「束の間の短い時間も忘れないほど」愛していると詠っているが、郎女からの返歌は残っていない。

そして大津皇子は密かに郎女と関係を結んだ時に、次のように詠っている。

大船《おほふね》の　津守《つもり》が占《うら》に　告《の》らむとは　まさしに知りて　我が二人宿《ね》し
（巻二・一〇九）

（大船が泊まる津（船着き場）の）津守の占いに出ることをまさしくわかっていながら、二人は寝たのだ。

津守連通《つもりのむらじとほる》は占いが専門家の陰陽師であるが、大津皇子排除に一役買っていた可能性がある（中西進）。とすると、二人のことがある程度露見していて、津守の「占い」という形ではあるが、二人の関係が出ているのを百も承知で寝たのだ、と堂々と開き直っているのである。

そしてこの大胆さが持統天皇の反感を一層強め、皇子は草壁皇子へ謀反を企てたとして、死を賜わることとなる（『（新編）日本古典文学全集　萬葉集二』及び『万葉集』（新潮社）など）。

ももづたふ　磐余《いはれ》の池に　鳴く鴨《かも》を　今日《けふ》のみ見てや　雲隠《がく》りなむ

（巻三・四一六）

（ももづたふ）磐余の池に鳴いている鴨を見るのも今日限りで、私は雲の彼方へと死んでいくのだろうか。（磐余は香久山東北部の御厨子神社（橿原市東池尻町）周辺の低地か）。

鳴く鴨に目をやりながら、自らの死を凝視する皇子の辞世の歌は、深く私たちの胸を打つ。

（四）但馬皇女《たぢまのひめみこ》　穂積皇子《ほづみのみこ》　高市皇子

穂積皇子と高市皇子、そして但馬皇女の母はそれぞれ違うのだが、共に天武天皇の子供であり、異母兄弟（姉妹）である。但馬皇女は高市皇子の宮に住んでいたことから、妃か愛人であるのだが、穂積皇子を思い、情熱的な歌を残している。

秋の田の　穂向《ほむき》の寄れる　かた寄りに　君に寄りなな　言痛《こちた》くありとも

（巻二・一一四）

秋の田の稲穂が風で片方に傾くように、私もあなたになびき寄っていたいと思います。たとえ、人の噂がどんなにうるさくても。

高市皇子は穂積皇子と但馬皇女の関係に気付いていたのではないかとは推測されるが、皇子の具体的な行動は記録されていない。高市皇子は太政大臣として多忙であり、また但馬皇女とは年も離れており、二人の関係を知っていたとしても、かつての十市皇女への思いの方が強かったのかもしれない。

しかし但馬皇女と穂積皇子のことが世間の評判になったためか、持統天皇は穂積皇子を志賀の崇福寺に遣わすことになる。

但馬皇女は詠う。

後《おく》れ居て　恋ひつつあらずは　追ひ及《し》かむ　道の阿廻《くまみ》に　標結《しめ》へ　我が背《せ》

（巻二・一一五）

後に残されてあなたのことを恋しく想っているよりも、あなたを追いかけて行きます。どうぞ、道の曲がり角ごとに目印を付けておいて下さい。愛しい方。

そして遂に二人は関係を結び、そのことが世間に漏れてしまう。

人言《ひとごと》を　繁《しげ》み言痛《こちた》み　己《おの》が世に　未《いま》だ渡らぬ　朝川渡る

（巻二・一一六）

人々がひどくうわさをしているが、生まれてこの方、まだ渡ったことのないこの朝の早い時間に私は川を渡って行く。

高市皇子は持統天皇が最も頼りとする太政大臣である。その気になれば、但馬皇女の破滅は目に見えている。だが人が何と言おうと、私はあの方のところへ行く、と皇女の身でありながら、穂積皇子を追いかけている。現代の女性も顔負けの激しい命がけの恋心である。

これらの歌に対する穂積皇子の直接の返歌はないが、巻八に二人の歌が並んで載せられている。

今朝《けさ》の朝明《けけ》　雁が音《ね》聞きつ　春日山　黄葉《もみち》にけらし　我が情《こころ》痛し

（巻八・一五一三　穂積皇子）

今朝の明け方に雁が鳴くのを聞いた。春日山は紅葉しているようだ。それにしても私の心は苦しく痛む。

言《こと》しげき　里に住まずは　今朝《けさ》鳴きし　雁に副《たぐ》ひて　去《い》なましものを

（巻八・一五一五　但馬皇女）

人の口がうるさい里には住むよりは、今朝鳴いた雁と一緒にここから飛び去って行けたらよいのですが……。

どちらの歌も「雁」を詠んでいて、二人の間の相聞歌のように聞えてくる。

そして但馬皇女が亡くなったあとに、穂積皇子は雪の降る冬の日、皇女の墓を遙かに望み、涙を流しながら詠んでいる。

降る雪は　あはにな降りそ　吉隠《よなばり》の　猪養《ゐかひ》の岡の　寒からまくに

（巻二・二〇三）

雪よ、たくさん降らないでくれ。猪養の岡に眠るあの方が寒いだろうから（吉隠は奈良県桜井市吉隠）。

但馬皇女へのしみじみとした哀惜の念が伝わってくる歌である。

（五）　菟原処女《うなひをとめ》　茅渟壮士《ちぬをとこ》　菟原壮士《うなひをとこ》（伝説）

千葉県市川市の真間にこれと似た「手児名《てこな》」伝説があり、また巻十六の初めにある「由縁ある」歌にも話の筋が似た伝説が載っている。ここでは、兵庫県芦屋市に伝わる「菟原処女」を取り上げる。

長歌（巻九・一八〇九）の大筋は次の通りである。

蘆屋《あしのや》の菟原処女は八歳の幼い時から成人して髪を束ねる年まで、近くの人に姿を見せず、家にこもっていたが、この乙女を一目なりとも見たいものと多くの男たちが垣根をなして押し寄せ、求婚した。中でも娘と同郷の菟原壮士と他郷の茅渟壮士は、太刀の柄を握りしめ、弓を取り、靫《さや》を背負い、娘のためなら火の中、水の中も厭いはしないと激しく争った。娘は「つまらぬ私のために立派な男子が争うのを見ていると辛い。生きていてもどちらとも結婚することはできない」と母に語り、この世を去ってしまった。茅渟壮士はその夜、夢に見て後を追って死ぬと、菟原壮士も天を仰ぎ、わめき、地団駄踏んで悔しがり、小太刀を取って跡を追った。三人の親族の者たちが集まり、永遠に語り継ごうと、娘の墓を真ん中にし、二人の男の墓を左右に建てた。その因縁話を聞いて、人々は知らない人のことではあるが、親しい身内の喪のように声をあげて泣いたのだった。

この長歌も筑波山伝説の歌（巻九・一七五九）と同じく、高橋虫麻呂の作であるが、この伝説はいろいろな作品に形を変えて取り上げられている。平安時代の歌物語である『大和物語』の中の百四十七段、『生田川』、観阿弥の謡曲の『求塚』、或いは森鷗外の戯曲、『生田川』などである。

それだけ恋の板挟みに苦しむ娘のあわれさが、人々の心を引き付ける題材となったのであろう。

二　贈答歌

我が里に　大雪降れり　大原の　古《ふ》りにし里に　落《ふ》らまくは後《のち》
（巻二・一〇三）

私のいる里に大雪が降っている。大原の古びた里に降るのはもっとあとだろう。

天武天皇が藤原夫人《ふじわらのぶにん》に贈った歌である。「夫人」は天皇妃の序列で、非皇族出身では最高位である。天武天皇は、自分のいる浄御原《きよみはら》の宮に珍しく雪が降った。だが夫人のいる大原のうらさびれた里に雪が降るのは、ずっと後だろう、とからかっているのである。

我が岡の　龗《おかみ》に言ひて　落《ふ》らしめし　雪の摧《くだ》けし　其処《そこ》に散りけむ
（巻二・一〇四）

私の住んでいる岡の竜神様に言って降らした雪のかけらですのよ。そちらに降ったのは。

天皇の冷やかしに対して藤原夫人は親愛の情を込め、軽くおどけて応えている。明日香清御原宮の所在地が飛鳥板葺宮（奈良県明日香村）だとすると、大原は遠く離れていない。二人は最高位の身分ではあるが、珍しい大雪を題材にして楽しんでいる。ほほえましい問答歌と言えるであろう。

むしぶすま　柔《なご》やが下に　臥《ふ》せれども　妹《いも》とし寝《ね》ねば　肌《はだ》し寒しも
（巻四・五二四）

暖かくて柔らかな布団にくるまって寝てはおりますが、あなたと寝ているのではないので、肌寒いことです。

藤原麻呂が大伴坂上郎女と交わした歌である。率直にあなたと肌を接して寝ていないので「寒い」と詠んでいる。

千鳥鳴く　佐保の河瀬《かはせ》の　さざれ波　止《や》む時も無し　我が恋ふらくは
（巻四・五二六）

千鳥が鳴く佐保川の川瀬には、絶えずさざ波が立っています。私の恋心もあのさざ波のように、絶え間なく胸の内に波打っております。(佐保川は奈良の若草山から東に流れ、南の大和川に注いでいる)。

麻呂のやや武骨な歌に対して、坂上郎女の歌は千鳥のさえずりや清冽なさざ波などを恋心に絡ませて、女性らしい繊細な返歌となっている。

凡《おほ》ならば　かもかも為《せ》むを　恐《かしこ》みと　振り痛《た》き袖を　忍びてあるかも
(巻六・九六五)

普通のご身分のお方との別れでしたら、ああもしよう、こうもしようと思うのですが、恐れ多いことですので、振りたい袖も振らずに抑えています。

児島という名の宴会に出て、歌を歌ったり、踊ったりする遊行女婦《うかれめ》の女性が、大納言大伴旅人に贈った歌である。いろいろとお別れの言葉を交わし、別れの袖も振りたかったのだが、旅人は身分の高い方なので、そっと見送らなければならない、と詠っている。

大夫《ますらを》と　思へる我や　水茎の　水城《みずき》の上に　涙拭《のご》はむ
（巻六・九六八）

立派な男子であると思っている私なのだが、水城のほとりで、涙を拭っている。

「水城」は、日本と百済の連合軍が白村江《はくすきえ》の戦いで唐、新羅に大敗した後、防衛のために大宰府の近くに築いた土塁であるが、そのほとりで児島との別れを大伴旅人は切なく思い返している。恐らく、旅人は身分上、人前で愛しい児島にはっきりと別れを告げるのを憚ったのであろう。大伴家は代々天皇家に仕える武門の名家である。その名家の「ますらを」であるはずの旅人が、人目に付かないようにではあるが、別離の涙を流しているのである。

足柄《あしがら》の　御坂《みさか》に立《た》して　袖振らば　家《いは》なる妹は　清《さや》に見もかも
（巻二十・四四二三）

足柄山の峠で袖を振ったら、家にいる妻ははっきりと私を見るだろうか。

色深《いろぶか》く　背なが衣《ころも》は　染めましを　御坂《みさか》たばらば　ま清《さや》かに見む

（巻二十・四四二四）

あなたの衣を色濃く染めておくのでした。峠を越えて行く時、はっきりと見ることができるでしょうに。

藤原部等母麿《ともまろ》とその妻、物部刀自売《もののべのとじめ》の贈答歌である。藤原部等母麿は現在の埼玉県出身の防人である。防人は東国から九州北部の守備に派遣された兵士である。足柄山は神奈川県と静岡県の県境にある山であるから、この山は実際には二人に見えていないはずの山ではある。夫は「その山の峠で袖を振ったら、妻は私をはっきりと見てくれるだろうか」と詠い、妻は「もっと衣を色濃く染めておくのだった。足柄峠を通るとき、はっきりと見えるだろうに」と現実には見ることができないとしても、二人の心（魂）がつながっていることを願っているのである。遠くに旅立ち、いつまた逢えるかわからない別離の切なさが伝わってくる問答歌である。

また問答歌には男と女の逢瀬をめぐる「恋の駆け引き」と思われる歌もある。

逢はなくは　然《しか》もありなむ　玉梓《たまづさ》の　使《つかひ》をだにも　待ちやかねてむ

逢えないのでしたら、それはそれで仕方ないことでしょう。でも（玉梓《たまづさ》の）あなたからの便りを運ぶ使いの者さえも、私は待ちわびていなければならないのでしょうか。

（巻十二・三一〇三）

逢はむとは　千遍《ちたび》思へど　あり通《がよ》ひ　人目を多《おほ》み　恋ひつつそ居《を》る

（巻十二・三一〇四）

あなたに逢おうと幾度も思うのですが、往来を行き来する多くの人の目が気になって、心のなかでは恋しく想いつづけているのですが、なかなか行くことができないのです。

男はさっぱり姿を見せない。女は男からの使いを待ちわびて、いらただしく思っている。それに対して男は「幾度も行こうと思ってはいるのだが、人目が気になって難しい」と言い訳しているのである。

すべもなき　片恋をすと　このころに　我が死ぬべきは　夢《いめ》に見えきや

（巻十二・三一一一）

私はどうにもならない「片思い」をしていて、今日明日にも死んでしまいそうです。そんな私の姿があなたの夢に見えたでしょうか。

夢《いめ》に見て　衣を取り　着装《きよそ》ふ間に　妹が使そ　先だちにける

（巻十二・三一二二）

あなたの姿を夢に見て、着物を出して身に着けている間に、あなたからの使いが先に来てしまったのです。

これも先の問答歌と同じく、訪ねて来なくなった男に女はいらいらしている。女が「死ぬ、死ぬ」と脅しているのに対して、男は訪ねる支度をしているうちにあなたの方からの使いが先だったなどと、のうのうと「言い抜け」しているのである。今の世でも男と女の間で同じような「駆け引き」が起きていることであろう。

次に中臣朝臣宅守《なかとみのあそみやかもり》と狭野茅上娘子《さののちがみのをとめ》の間に交わされた歌を見ていくことにする。

中臣宅守は茅上娘子との新婚早々に、理由は明らかではないが、罰せられて越前の国（現在の福井県）に流された。その嘆きと悲しみから、六十三首の歌を二人は詠んでいる。

あしひきの　山路越えむと　する君を　心に持ちて　安けくもなし

（巻十五・三七二三　茅上娘子）

（あしひきの）山路を越えて配所へと向かうあなたのことを思うと、心が重く辛く、とても気持ちが安まることはありません。

君が行く　道のながてを　繰り畳《たた》ね　焼き亡《ほろ》ぼさむ　天《あめ》の火もがも

（巻十五・三七二四　茅上娘子）

あなたが行く長い道のりを、手繰り寄せ畳んで、焼き尽くしてしまう天の火がほしい。

激しい情念の歌である。「あなたが越前へと流されて行く遠い道のりを手繰り寄せ畳んで、焼いてなくしてしまう天の炎がほしい」と言うのである。穂積皇子を慕う但馬皇女の歌も激しかったが、この歌はそれ以上に激しい情念の歌であると言えよう。

塵泥《ちりひぢ》の　数にもあらぬ　我故《ゆゑ》に　思ひわぶらむ　妹が悲しさ
（巻十五・三七二七　中臣宅守）

塵や泥のようにものの数にもならないこの私のために、思い嘆いているであろうあなたがいとおしい。

中臣宅守の歌は茅上娘子の一途さ、激しさに比べると、どこか受け身で、おとなしい感じがしないでもない。

逢はむ日を　その日と知らず　常闇《とこやみ》に　いづれの日まで　我《あれ》恋ひ居《を》らむ
（巻十五・三七四二　中臣宅守）

また逢える日がいつなのかわからない。どこまでも続く暗闇の中で、いつまで私は恋いつづけていくのだろうか。

流されて配所に宅守はいる。いつまた許されて愛しい人に逢える日が来るのか、まったく見通せないままだ。常しえに続くのかと思われる暗闇の中で、それでも逢える日が来るのを切に願う。

帰りける　人来《ひときた》れりと　言ひしかば　ほとほと死にき　君かと思ひて

（巻十五・三七七二　茅上娘子）

赦されて帰ってきた人が着いたと聞いて、もう少しで死ぬのではないかと思いました。あなたかと思って。

遠き山　関も越え来《き》ぬ　今更に　逢ふべきよしの　無きがさぶしさ

（巻十五・三七三四　中臣宅守）

遠い山や関所を越えて来た。そして今、更にあなたに逢う手立てがないことを思うと、寂しさがこみ上げてくる。

当時の越前は都から遠く離れた配所であった。愛しい人に再会できる手段とてなく、不安の中で過ごす寂しい境遇が伝わってくる。

次は武蔵の国橘樹郡《たちばなのこおり》（川崎市と横浜市北部）の防人夫婦の贈答歌である。

家《いは》ろには　葦火《あしふ》焚《た》けども　住み好《よ》けを　筑紫に到りて　恋《こふ》しけもはも

（巻二十・四四一九）

家ではかまどで葦を燃やして煤けてはいるが、住み良い家だ。筑紫（福岡県）に行ったら、あの家が恋しいだろうなあ。

煤けたぼろ家であっても、妻と一緒に過ごす家は心休まる住み良い家なのである。「あしふ」は「葦火」、「恋しけもはも」は「恋しけむはも」の訛りで、東人《あずまびと》（東国の人）の素朴な実感が出ている歌である。

草枕　旅の丸寝の　紐絶えば　我《あ》が手と着けろ　これの針持《はるも》し

（巻二十・四四二〇）

（草を枕の）旅で着物も脱がずにごろ寝して、着物の紐が切れたら、この針を使って自分で（或いは私の手だと思って）繕うのですよ。

妻はかまどの葦火が燃える家で、旅立つ夫の着物の用意をしたのであろう。その着物の紐が旅の途上で切れるのを心配して、妻は夫に針を持たせた。「それで付けるんですよ」と、方言まる出し（針を「はる」、持ってを「持し」）で、夫に言いきかせている。貴族たちの恋の歌とは違って、生活に根差した言葉で相手への「思いやり」を詠っている問答歌である。

三　切ない恋心と寂しさ

「妻問い婚」のところでも恋人や夫を待つ女の切なさを詠った歌を見てきたが、待つ身の切なさと寂しさを更に見ていくことにする。

我が背子が　使《つかひ》を待つと　笠も着ず　出でつつそ見し　雨の降らくに
（巻十一・二六八一）

あなたからの使いの人が来るのを待って、笠もかぶらないで家の外に出て見ておりました。雨が降っているのに。

今のように電話やメールがある時代とは違う。女は愛しい人からの連絡が待ち遠しくて、雨の降る中、笠もかぶらずに外に出て使いが来ないかと見ているのである。

馬の音の　とどともすれば　松蔭に　出でてそ見つる　けだし君かと
（巻十一・二六五三）

馬の足音がとどろくと、私は外に出て松蔭から見やるのです。あなたではないかしらと思って。

この女性も恋人が来るのを今か今かと待っている。今なら車であろうが、馬で恋人が来るのであろう。いろいろな騒音も当時は少なかったであろう。女はひたすら馬の足音のとどろきに聞き耳を立てている。騒音に満たされた現代よりも「聞く」ことへの感覚がもっと研ぎ澄まされているのを感じさせる歌である。

我が背子を　今か今かと　出で見れば　沫雪降れり　庭もほどろに
（巻十・二三二三）

あなたがお出でになるのを今か今かと待ちながら、外に出てみると、淡雪が庭にうっすらと積もっておりました。

女は愛しい人が来るのを今か今かと待ちながら、外に出てみると、庭にはうっすらと淡雪が積もっている。だが男は来ない。切なくも寂しい恋心が、淡雪を見つめる姿に込められている。

皆人《みなひと》を　寝《ね》よとの鐘《かね》は　打つなれど　君をし思《も》へば　寝《い》ねかてぬかも

（巻四・六〇七）

「どの人ももう寝なさい」と鐘は鳴っているのだが、あなたのことを想うと眠れないのです。

暗くなってきた。先ほどから「もう寝る時間ですよ」と鐘の音は告げている。その音は寂しさを募らせる。でも待つ人は来ない。眠れないまま、私はただひたすらあなたを待つばかり……。

鐘の音に待つ女の「寂しさ」が凝縮されている。

暁《あかとき》と　鶏《かけ》は鳴くなり　よしゑやし　独り寝《ぬ》る夜は　明けば明けぬとも

夜明けが近いと、鶏が鳴いているようだ。ええい、どうにでもなるがいい。一人で寝ている夜など、明けるなら明けるがいい。

（巻十一・二八〇〇）

男性か女性かよくわからないが（伊藤博は女性と推定）、独り寝の寂しさを詠っている。悶々として眠れないままに朝を迎えようとしているが、勝手に朝になればいいのだ、と捨て鉢の気持になっている。

君待つと　我が恋ひをれば　我が屋戸《やど》の　すだれ動かし　秋の風吹く

（巻四・四八八　巻八・一六〇六）

あなたが恋しく、ただひたすらあなたを待ちつづけていると、私の家の簾を動かし、秋の風が吹き抜けていく。

広く知られている額田王の歌である。この歌が中国詩に酷似していて、その詩の影響のもとで詠まれた歌の可能性があるとのことである（『（新編）日本古典文学全集　萬葉集一』及び中西進など）。

だがそのような背景を抜きにして、そのままにこの歌を味わうと、待つ身の寂しさ、切なさが簾を動かして、吹き抜ける秋の風に見事に凝集された名歌と言えるであろう。

窓越しに　月おし照りて　あしひきの　嵐吹く夜は　君をしそ思《おも》ふ

（巻十一・二六七九）

窓越しに月は照りわたり、（あしひきの）山から冷たい風が吹き下ろしている。そんな夜、私はひたすらあの方を想っています。

額田王の歌と同じように、待つ女の寂しさを詠っている。窓の外には荒涼とした月が照り、風がうなっている。だが愛しい人は来ない。体の中を風が吹き抜けていく。私は一人、ただ待つばかり……。

深く哀愁の漂う歌である。当時の窓の構造はよくわからないが、高床式住居に生活する貴族たちのそれは高窓で、押戸を設け、また簾を垂らす形の窓であったようである。また連子窓（格子を設けた窓）や紙を張った間戸（明り取り）などが既に存在したとのことである（『（新編）

日本古典文学全集　萬葉集三』）及び伊藤博など）。

しかし男も愛しい相手がいないのは、寂しい。

愛《うつく》しと　思ふ我妹《わぎも》を　夢《いめ》に見て　起きて探るに　無きがさぶしさ

（巻十二・二九一四）

愛しいと思う人の夢を見て目が覚め、手探りするのだが、その人はいない。寂しい。

夢では愛しい人と寝ている。しかし起きしなに隣りを探ってみるのだが、あの人はいない。目が覚めれば、冷たい現実があるばかり……。

我妹子に　恋ひすべ無かり　胸を熱《あつ》み　朝戸開くれば　見ゆる霧かも

（巻十二・三〇三四）

あの人が恋しくて、どうしてよいのかわからない。眠れないまま朝となり、熱い胸の惑いのままに戸を開けると、霧が一面に立ち込めている……。

男は悶々としたまま一夜を明かした。朝になり戸を開けると、霧が立ち込めている。どうにもならなく熱く悶える胸の苦しみを立ち込める霧が、そのまま包み込んでいく。

四　心の弱さ・強さ

「大夫《ますらを》」とは、心身ともにすぐれた立派な男性のことだが、女性は普通、か弱き者として「手弱女《たわやめ》」と言い表される。

　　晩蟬《ひぐらし》は　時と鳴けども　恋ふるにし　手弱女《たわやめ》我は　時わかず泣く
　　　　　　　　　　　　　　　　（巻十・一九八二）

ひぐらしは時を定めて鳴きますが、か弱い女の私は、恋の苦しさで、時を分けないで泣いています。

女性が「寂しさ、切なさ」を詠い、泣くのは当然として、男も寂しく、苦しい。「ますらを」も愛しい人を前にしては、なす術《すべ》を知らない。

天地《あめつち》に　すこし至らぬ　大夫《ますらを》と　思ひし我や　雄心《をごころ》も無き
（巻十二・二八七五）

天地の大きさには少し及ばないが、自分は立派な男子だと思っていた。だがあにはからんや、我ながら女々しくて、情けない。

うつせみの　現《うつ》し心も　我は無し　妹を相見ずて　年の経《へ》ぬれば
（巻十二・二九六〇）

現実をしっかりと見る冷静さも落ち着きも私にはない。愛しい人に逢えないままで、いたずらに年月が経っていくばかりなので。

菅《すが》の根の　ねもころごろに　照る日にも　乾《ひ》めや我が袖　妹に逢はずして
（巻十二・二八五七）

（菅の根の）隅々までじりじりと日が照りつけても、私の袖は涙に濡れて乾くことはない。あの恋しい人に逢えないでいるのだから。

「ねもころ（ねもころごろ）」は「ねんごろ」で、「隅々まで行きとどいているさま」を表す語であるが、日にかかるので、「じりじりと」とした。また原文表記の「惻隠」は人間の心にある深い悲しみという意味なので、じりじりと日が照っても袖の涙は乾かないほど、私の悲しみは深いということを強調したのであろう。

茜《あかね》さす　昼は物思《も》ひ　ぬばたまの　夜はすがらに　哭《ね》のみし泣かゆ

（巻十五・三七三二）

（あかねさす）昼は昼で物思いにふけり、（ぬばたまの）夜は夜で一晩中、私は声をあげて泣いてばかりいます。

これは中臣宅守の歌だが、宅守にかぎらず、男性も、また高い地位にあっても、泣くのである。儒教精神に縛られた武士や軍人とは違って、万葉の時代は武人であっても涙をかくそうとはしない。

妹《いも》が見し　楝《あふち》の花は　散りぬべし　我が泣く涙　いまだ干《ひ》なくに

亡き妻が見ていた梅檀《せんだん》の花は散る気配を見せている。私の悲しみの涙は乾きそうにもないのだが。

（巻五・七九八）

山上憶良が上官の大伴旅人の妻、大伴女郎の死を悼んで「日本挽歌」という長歌を作った。その中の反歌の一つで、憶良は大伴旅人の気持ちになって詠んでいる。「あふち」は梅檀のことで、淡い紫の花をつける。旅人の妻が亡くなった頃、その梅檀は満開だったのであろう。だが時は移ろい、妻が見たであろう梅檀の花は散ろうとしている。しかし月日が経っても、旅人が妻を想って流す涙は乾きそうにもない。このように憶良は旅人の悲しみを読み取り、旅人になり代わって詠っているのである。

独り宿《ひとね》て　絶えにし紐を　ゆゆしみと　せむすべ知らに　ねのみしそ泣く

（巻四・五一五）

独りで寝ていると、紐が切れてしまいました。不吉なことと思うのですが、どうしてよいのかわからず、声をあげて泣いております。

この歌の作者は男性である。「紐が切れる」ということは、「まじない」のところとも関係するが、恋人との関係が絶えるという不吉な予感も含んでいた。男の気が弱すぎるとも感じるが、当時においてはこのような俗信に捉われる感覚は、今以上に強かったのであろう。

恋ひ恋ひて　逢《あ》へる時だに　愛《うるは》しき　言尽《ことつ》くしてよ　長くと思はば
（巻四・六六一）

ずっと恋しく思っていてやっと逢えた時なのですから、その時ぐらいはやさしい言葉のかぎりをつくしてください。この恋が長くつづくのを願うお気持ちでしたら。

この歌の作者は大伴家を取り仕切った大伴坂上郎女である。とすると、愛をささやく男の言葉の裏にある嘘にも、十分目が届く女性だったであろう。嘘があるとわかってはいても、やさしい言葉をかけてほしい。そのような女性の気持ちを良く読み取っている歌であるが、くどかれるとついほだされ、悩んだり、迷ったりしていい加減な男の言葉に乗ってしまうということは、世間によくあることではある。

うつせみの　常の言葉と　思へども　継ぎてし聞けば　心はまとふ
（巻十二・二九六一）

（うつせみの）世間の人がいつもよく言っているようなありきたりの「口説き文句」だと思うのですが、いつも言われていると、つい迷って、その気になってしまいます。

巻四の「六六一番」の歌も男の優しい言葉を求めていたが、そのような優しい言葉をかけられ続けると、ついついその言葉に乗ってしまうもの。昔も今も変わらない男と女の営みではある。

み吉野の　水隈《みぐま》が菅《すげ》を　編まなくに　刈りのみ刈りて　乱りてむとや
（巻十一・二八三七）

み吉野の川隅《かわくま》に生えている菅を編む気持ちもないのに、菅を刈るだけ刈って私の心を乱れたままにしておくつもりなのですか。

実のない男に弄《もてあそ》ばれた女の歌である。「水隅が管」は女性、「編まなくに」は妻とする気もないのに、「刈りのみ刈りて」は契りだけ結んで、の意味である。水の流れが曲がりこんで見えにくいところ（隈）に生えている菅をきちんと笠に編んで、つまり、結婚する気もないのに私と寝るだけ寝て、私を乱れたままにしておくつもりなのですか、と男を詰問しているのである。

しかし次の歌などを見ると、どうもいざとなったら、女性の方が気丈で、強いように思えてくる。

我が背子《せこ》は　物な思ひそ　事《こと》しあらば　火にも水にも　我れ無けなくに
（巻四・五〇六）

あなた、心配なさらないで下さい。何か事となったら、火の中、水の中も、私は厭わないと思っていますので。

事しあらば　小泊瀬山《をはつせやま》の　石城《いはき》にも　隠《こも》らば共に　な思ひ我が背
（巻十六・三八〇六）

何か事が起きれば、私はあなたと一緒に小泊瀬山のお墓にも入ります。ですからどうか、思い悩まないでください。

女は自分の両親に知らせずに男と逢っていたが、男は女の両親に咎められるのを恐れて、ためらいがちになっていた。その時に女がこの歌を男に贈ったとのことである。女の方が決然として積極的に男を励ましているのである。

五　うわさ

但馬皇女の歌にも「うわさ」が出てきたが（巻二・一一四、巻二・一一六など）、うわさを気にする歌は『万葉集』に多く出てくる。昔も今も人はうわさにつきまとわされ、特に「恋」においては、悩まされたのである。また「人言（うわさ）」には「呪力」のようなものがあって、そのうわさによって人は束縛される恐れも感じていたのかもしれない。

うつせみの　人目を繁《しげ》み　逢はずして　年の経《へ》ぬれば　生けりとも無し

（巻十二・三一〇七）

（この世の人の）見る目が多いので逢わずにいるうちに、年が過ぎていき、生きて行く気力もありません。

次は二つの歌を一緒に見ることにする。

ねもころに　思ふ我妹《わぎも》を　人言《ひとごと》の　繁きによりて　よどむ頃かも
（巻十二・三一〇九）

心からあなたのことを想っているのですが、人のうわさがうるさくて、あなたのところに通えない今日このごろです。

人言の　繁くしあらば　君も我も　絶えむといひて　逢ひしものかも
（巻十二・三一一〇）

世間のうわさがうるさくなったら、別れることにしようと言って、二人は逢うことにしたのでしたか。

男が世間のうわさが気になって、あなたのところへなかなか行けなくなった、と弁解している。それに対して、女は「もしもそうなったら、その時はその時で覚悟を決めましょう、そう、言ったでしょう」とあまり通って来なくなった男の「言い訳」をやりこめているのである。これと同様の男と女のやりとりは、「問答歌」のところでも見てきたが、「うわさ」を題材にしているので、ここで紹介した。

他辞《ひとごと》を繁《しげ》み　言痛《こちた》み　逢はざりき　心あるごと　な思ひ我が背子《せこ》
（巻四・五三八）

人のうわさがうるさくて、お逢いしなかったのです。私に隠しごとがあるなんて、思わないでください。愛しい方。

この歌は男と女の「駆け引き」というよりは、自分に対する男性の気持ちにいささか不安があり、「うわさ」が気になって、逢いに行けなかった、と弁明しているのであろう。

草枕　旅行く君を　人目多《おほ》み　袖振らずして　あまた悔しも
（巻十二・三一八四）

人目が多くて、（草を枕に）旅立つあなたに袖を振らないでしまったのが、とても辛く、悔しいのです。

他の人の目が気になって、言いたいことも十分に言えないでしまうということはよくあること。それが今とは比べものにならないほど、危険が多い旅に出る人に、別れの挨拶も満足にできないままになってしまったという後悔の念が、ひとしお強く胸に残るのである。

人言の　讒《よこ》すを聞きて　玉桙《たまほこ》の　道にも逢はじと　言へりし我妹

（巻十二・二八七一）

人がうわさする私の悪口を真に受けて、（玉桙の）「道で逢うのも嫌」と言ったあの子……。

今の世でもＳＮＳでの嘘やデマ、噂などによる中傷や嫌がらせの拡散で、ノイローゼになったり、生活そのものさえ脅かされるということは、よく耳にするところである。

里人も　語り継ぐがね　よしゑやし　恋ひても死なむ　誰《た》が名ならめや

（巻十二・二八七三）

里の連中も語り伝えていくがいい。ええい、勝手にしろ。焦がれ死んでやろうか。その時浮名が立つのは他の誰でもない、おまえなのだ。

巻十二の「二八七一番」の歌と同じように、心ない世間のうわさに束縛されたり、翻弄されたりして、やけくそにもなってしまうのである。

六　片思い

夏の野の　繁みに咲ける　姫百合の　知らえぬ恋は　苦しきものそ

（巻八・一五〇〇）

夏の野の繁みに姫百合がひっそりと咲いている。そのように私の胸の中に秘めた恋心はあの人に伝わらず、つらい。

片思いの苦しさを切なくも美しく、姫百合に喩えて詠っているのである。

ろうか。

卯の花の　咲くとは無しに　ある人に　恋ひや渡らむ　片思《おもひ》にして
（巻十・一九八九）

咲くこともない卯の花のように、心を開いてくれない人に、私は片思いしつづけているのだろうか。

伊勢の白水郎《あま》の　朝な夕《ゆふ》なに　潜《かづ》くとふ　鰒《あはび》の貝の　片思《かたもひ》にして
（巻十一・二七九八）

伊勢の海人《あま》が、朝夕潜って取るという鮑にも似て、私も片思いの恋をしていて……。

鮑が一枚貝で、もう片方の殻を求めているように見えるところから「片思い」の「たとえ」に使われたようである。「磯の鮑の片思い」などと言うが、この時代に由来する「たとえ」を今でも使っているわけである。

原文で鮑が「白水郎」となっているのは、中国白水付近の漁民を代表としてアマ（漁民）に用いたことに依るとのことである（中西進）。

相思はず　君はいませど　片恋《かたこひ》に　我はそ恋ふる　君が姿に
（巻十二・二九三三）

私はあなたに愛していただけない。だけど私はあなたのお姿に恋い焦がれています。

橘《たちばな》の　花散る里の　霍公鳥《ほととぎす》　片恋しつつ　鳴く日しそ多き
（巻八・一四七三）

橘の花が散る里に来て鳴くほととぎすは、散った橘の花を偲んで片思いをしながら、鳴いている日が多いことだ。

巻五の「七九八番」の歌で山上憶良が大友旅人の気持ちになって、妻の大伴郎女を偲んでいたが、この歌では本人が病没した妻を偲んで詠っている。ほととぎすが散った橘の花を恋しがって鳴くように、この世で私はひとり寂しくあなたを偲んでおります。

高麗剣《こまつるぎ》　我《わ》が心から　外《よそ》のみに　見つつや君を　恋ひ渡りなむ
（巻十二・二九八三）

(高麗剣の輪)、私自らが心から恋するようなったあの人を、私は遠くからだけ見ているだけで慕いつづけていくのだろうか。

高麗剣の輪ではないが、私は私自身の胸から生まれた恋心で実ることのないまま、遠くからあの人を見ているだけなのだろうか、と相手に伝わることのない「片思い」の苦しさを嘆いている。

高麗剣の柄の頭には輪があるが、その輪と「我」の「わ」をかけて歌を詠んでいる。

そして男であろうと、女であろうと、満たされぬ恋に思い悩む。

大夫《ますらを》や　片恋ひせむと　嘆けども　醜《しこ》の大夫　なほ恋ひにけり

(巻二・一一七)

立派な男であるはずのこの私としたことが、片思いの恋をしてしまった。不甲斐ない男だと自らを嘆くが、どうしても愛《いと》しい。第一部四での「一一八番」の歌は、この舎人皇子《とねりのみこ》の歌に唱和した歌である。

うつくしと　我が思《も》ふ妹は　早も死なぬか　生けりとも　我に寄るべしと
　人の言はなくに
（巻十一・二三五五）

愛しいと思っているあの女はさっさと死んでしまうがいい。生きていたって、俺を好きになると、誰も言ってはくれないのだから。

愛しいと思っている女性が自分に好意を寄せてくれないとなると、「やけくそ」にもなる。「あの子は駄目だ、あきらめろ」と誰もが言う。「くそ、あんな女、さっさと死んでしまえ！」万葉時代の生身の人間が、私たちの目の前に立ち現れたような思いがする。

楊《やなぎ》こそ　伐《き》れば生《は》えすれ　世の人の　恋《こひ》に死なむを　如何《いか》に為《せ》よとそ
（巻十四・三四九一）

柳なら伐っても生えてくるでしょう。だけど生身の人間が死んだらそれまでです。その生身の人間が死ぬほど恋い慕っているのに、いったいあなたは私にどうしろと言うのですか。

男性か女性かわからないが（伊藤博は「女のこころ」か、とのこと）、私にどうしろと、死ねと言うのかと、片思いの丈《たけ》を訴えている。

長歌をひとつ、見ることにする。

うち延《は》へて　思ひし小野《をの》は　遠からぬ　その里人の　標結《しめゆ》ふと　聞きてし日より
立てらくの　たづきも知らず　居《を》らくの　奥処《おくか》も知らず　親《にき》びにし　我が家すらを
草枕　旅寝の如く　思ふそら　苦しきものを　嘆くそら　過《すぐ》し得ぬものを　天雲《あまくも》の
ゆくらゆくらに　葦垣《あしかき》の　思ひ乱れて　乱れ麻《を》の　麻笥《をけ》を無みと　我が恋ふる
千重《ちへ》の一重《ひとえ》も　人知れず　もとなや恋ひむ　息の緒にして
（巻十三・三二七二）

反歌

二つなき　恋をしすれば　常の帯を　三重《みえ》結ぶべく　我が身はなりぬ
（巻十三・三二七三）

ずっと前から想っていた小野（女性）に、その近くの里人が「しめ縄」を張って、自分のものにしたと聞いた。その日からどうやって立ち上がるかもわからず、どこに身を置いてよいかもわからなくなった。慣れ親しんだわが家も（草を枕の）旅に寝るようで、落ち着かない。物思う胸のうちは苦しく、嘆く心は日々晴れないまま、空に漂う雲のようにゆらゆらと、葦の垣根のように千々に思い乱れ、麻のもつれた糸を入れる器もないように、乱れた私の胸の中も収めようがない。私の恋心は千分の一も人に知られることなく、ただただむなしく恋しつづけていくのだろうか。命がけで。

反歌

世に二つとないほどの恋をしているので、いつもは一重に結ぶ帯も三重に結ぶほどに私の体は痩せてしまった。

「小野」は野原のことだが、思いを寄せる女性の比喩であり、「標結ふ」は土地を占有していることを人に示す縄を張る（「縄張り」）ということである。「小野」に住む女性によそ者の男は、前から恋をしていたのだが、その土地の男が先にその女性を取ってしまったのである。そのショックで、男は立っていても、座っていても落ち着かず、苦しみ悩むばかりで、身に着ける着物の帯を今までの一重よりも三重に結べるほどにすっかり痩せてしまったというのである。「よそもの」はなかなかその土地に受け入れてもらえなかったことを示している歌でもある。

ここで笠女郎の歌を見ることにする。

女郎は大友家持に二十九首もの歌を送っているが、家持は二首しか返していない。家持にも女郎への恋心はあったのかもしれないが、やはり女郎の一方的な「片思い」と捉えた方が良いように思われる。

我が形見　見つつ思《しの》はせ　あらたまの　年の緒《を》長く　我も思はむ

（巻四・五八七）

私があなたに差し上げた形見の品を見て、私のことを想ってください。私もあなたを（あらたまの）年月長く想いつづけております。

この歌は家持との関係がまだ始まった頃の歌である。形見の品はその人の代わりにその人を偲ぶよすがとなるもので、それを見て私のことを想っていて下さい、と歌の調べも落ち着いていて、情感豊かに詠っている。

君に恋ひ　甚《いた》も術《すべ》なみ　平山《ならやま》の　小松が下《した》に　立ち嘆くかも
(巻四・五九三)

あなたが恋しくてどうしてよいものかわからず、奈良山の小松のところに立って、嘆いております。

女郎の恋心は激しく燃えていく。しかしどうにもならず、家持の屋敷が見える奈良山の麓《ふもと》の松のところに立ちつくし、嘆くばかりである。

朝霧の　おぼに相見し　人ゆゑに　命死ぬべく　恋ひわたるかも
(巻四・五九九)

朝霧に包まれたようにぼんやりとお逢いしただけですのに、今の私は死ぬほどの想いであなたを恋いつづけております。

「相見し」というのは、一緒に寝たことを意味しているので（大岡信）、それだけに家持への気持は一途に燃えている。

情《こころ》ゆも　我《あ》は思《も》はざりき　山河も　隔《へだ》たらなくに　かく恋ひむとは

（巻四・六〇一）

ついぞ思ってもいませんでした。山や川で遠く離れているわけでもないのに、こんなに恋しくて苦しむことになるなんて……。

しかし女郎の愛に家持は応えない。

相思《あひおも》はぬ　人を思ふは　大寺《おほでら》の　餓鬼《がき》の後《しりへ》に　額《ぬか》づくがごと

（巻四・六〇八）

私のことを想ってもくれない人をいつまでも想っているのは、あの大寺の餓鬼道に落ちた亡者の像を後ろから額ずいて拝んでいるようなものです。

「正面から拝むのが当たり前なのに、後ろからひれ伏して拝んでいるようなもの、報われることはないのだ」と嘆き、悲しんでいる。

奈良の大寺は大安寺、薬師寺、元興寺《がんごうじ》、興福寺であるが、そこに置かれている骨と皮に痩せ衰えた亡者の餓鬼像に、愛しかった家持は成り果てている。「愛と憎しみ」は紙一重というが、この歌には家持に激しい恋の炎を燃やした女郎の深い悲しみと自嘲が顕れていると言えよう。

七　嫉妬

験《しるし》なき　恋《こひ》をもするか　夕《ゆふ》されば　人の手まきて　寝《ぬ》らむ児ゆゑに
（巻十一・二五九九）

どうしてこんなかいのない恋をするのか。夕方になれば、他の男の手を枕にして寝ているのだろう。あの子は……。

今は他の男と情を交わすようになった女への未練が心をさいなむ。

きっと他の男の手枕で寝ているのだと、じくじくと嫉妬の炎で心を焦がしている。

しかしこの男の嫉妬の歌よりも更に激しい歌がある。

さし焼かむ　小屋《をや》の醜屋《しこや》に　かき棄《う》てむ　破薦《やれこも》を敷きて　うち折らむ　醜《しこ》の醜手《しこて》を

さし交《か》へて　寝《ぬ》らむ君ゆゑ　あかねさす　昼はしみらに　ぬばたまの　夜はすがらに

この床《とこ》の　ひしと鳴るまで　嘆きつるかも

（巻十三・三二七〇）

焼きはらってしまいたい、あのぼろ屋で。捨ててしまいたい、あのぼろむしろを敷いて、へしってやりたい、あの汚らしい手をからませて、あの女と寝ているあなたのせいで、（あかね色の）昼は昼でずっと、（暗闇の）夜は夜で一晩中、この寝床がぎしぎしと鳴るほどに、私は悶え嘆いているのだ。

実に激しい歌である。恋敵の住まいや寝床を徹底的にけなし、女の腕をへし折ってやりたい。二人が寝床でからまっていると思うだに、悔しさでのた打ち、身悶え、寝床はぎしぎしとなる、というのである。自分の胸の中にのたうつ「嫉妬」の念をこれほど率直、赤裸々に詠っている歌は、現代でもなかなか目にしないのではなかろうか。

しかしこれに続く反歌はまた見事な反転を見せている。

我が情《こころ》　焼くも我なり　愛《は》しきやし　君に恋ふるも　我が心から

（巻十三・三二七二）

ああ、嫉妬で恋敵を激しく憎むのも　愛しいあなたに切なく恋するのも、みんな私の心から起きていることなのだ。

歌い手は寂寞たる思いではあるが、冷静に自分の心の在り様を見詰め、思い知っているのである。

八　人妻への恋・浮気・姦通

「禁断の恋」というのは、今も昔も人を魅惑する魔力があるのだろうか。『万葉集』には多くの人妻への恋の歌が見られる。また浮気や姦通、更には童女との「セックス」さえもある。

おほろかに　我し思はば　人妻に　ありとふ妹に　恋ひつつあらめや

いい加減に想っているのであれば、人妻であるというあなたにこんなにも恋しつづけているでしょうか。

崩岸《あず》の上《うへ》に　駒をつなぎて　危《あや》ほかと　人妻児ろを　息に我がする
（巻十四・三五三九）

崩れかけた崖の上に馬をつないで危ないのだが、そのように人妻であるあの人を私は命をかけて想っている。

息の緒《を》に　我が息づきし　妹すらを　人妻なりと　聞けば悲しも
（巻十二・三一一五）

命がけで、苦しい息をついて恋焦がれている私だが、そのあなたが人妻と聞いて、悲しい。

すると女も相手の気を引きたてようとして、次のような歌を詠んでいる。

我が故《ゆゑ》に　いたくな侘《わ》びそ　後遂《つひ》に　逢はじといひし　こともあらなくに

私のことで、そんなにひどく気落ちしないでください。これからもずっとお逢いしないとは、言っていないのですから。

（巻十二・三一一六）

すると男たるもの、勢いづく。

人妻と　何《あぜ》かそをいはむ　然《しか》らばか　隣の衣《きぬ》を　借りて着なはも

（巻十四・三四七二）

人妻だと、どうしてそんなことを言うのか。それなら隣の人の着物も借りて着ることはないというのか。

「下着の紐・下着の交換」のところで見てきたように、衣服などに「魂が宿る」と考える風習があったが、この東人と思われる男はそのようなものではなく、たくましく、野卑に人妻と物である着物を同一視して屁理屈をこね、他人の妻であっても俺は自分の物にするぞ、と言っているのである。

農村で着物などの貸し借りは、実際に行われていたと思われるので、農作業の折などに若者たちが楽しんで詠った歌だったのかもしれないとのことである（伊藤博）。

人妻に　言ふは誰《た》が言《こと》　さ衣《ごろも》の　この紐解けと　言ふは誰《た》が言《こと》

（巻十二・二八六六）

人妻に言っているのは、誰の言葉。「この着物の紐を解け」と言っているのはどちらさんの言葉。

男はなんとか女性をものにしようと言い寄り、そんな男を女は体よくあしらっているという風の歌である。二句目と五句目に同じ詩句を用い、宴会とか農作業の時などに皆で歌って楽しんだ古代歌謡の形式を取っている。

誰《たれ》そこの　屋の戸押そぶる　新嘗《にふなみ》に　我が背を遣《や》りて　斎《いは》ふこの戸を

（巻十四・三四六〇）

誰ですか、この家の戸を揺さぶるのは。夫を新嘗祭に送り出して、身を清めている家の戸を。

この歌の男は巻十二の「二八六六番」歌の男よりも、もっと大胆不敵である。新嘗祭では他の家族が出かけ、女性一人が家に籠り、身を慎み、潔斎して夜を明かす「習わし」があったが、その時、神をも恐れず、「よばい」にやって来ているのである。

先ほども女性が男を迎え入れても良いように受け取れる歌を見たが、次の歌でも女性が男性を積極的に受け入れている。

鳰鳥《にほどり》の　葛飾早稲《わせ》を　饗《にへ》すとも　その愛《かな》しきを　外《と》に立てめやも

（巻十四・三三八六）

（鳰鳥の）葛飾で取れた早稲を神に供える夜であっても、愛しい人を外に立たせておくことなどできましょうか。

新嘗祭の夜には家族は祭りに参加し、女性が一人で過ごす習わしがあったことについては「三四六〇番」の歌でも言及した。葛飾で出来た早稲を神に供えるその神聖な新嘗祭の夜であっても、いとしい人がひそんで来たら、どうして外に立したままでおくことなど出来ましょうか、招き入れます、とこの女性も神をも恐れぬ大胆なことを言っているのである。

更に次の歌を見てみよう。

神樹《かむき》にも　手は触《ふ》るとふを　うつたへに　人妻と言へば　触れぬものかも

（巻四・五一七）

神聖な神木にも手で触れるというのに、人妻となったら、絶対に触れることができないものなのだろうか。

これは大伴家持の祖父の大納言で大将軍の大伴安麻呂の歌である。大納言と言えば、左右大臣に次ぐ官職で、大将軍は朝廷の軍の総大将なのだが、そのように身分の高い貴族がこのような歌を詠んでいるのである。

『万葉集』の時代においても、人妻や幼女などとのセックスは「タブー」で、何らかの罰則があったであろう。しかし上は大貴族から防人のような一般庶民に至るまで、一途な恋からある意味では「不埒な」歌まで、率直に「恋」を語り、述べることができた時代であったようである。

「浮気」と「姦通」の歌を一つずつ挙げる。

筑紫《つくし》なる　にほふ児ゆゑに　陸奥《みちのく》の　可刀利少女《かとりをとめ》の　結ひし紐解く

（巻十四・三四二七）

筑紫のすごくきれいな娘に心惹かれて、陸奥の国の香取の乙女が結んでくれた下着の紐を俺は解いてしまう。

男は防人で行った九州筑紫の地で美しい娘に心惹かれ、再会するまで解かないはずであった同じ故郷の陸奥《みちのく》香取の娘が結んでくれた紐をほどいて、浮気するのである。

山川《やまがは》に　筌《うへ》をし伏せて　守《も》りあへず　年の八歳《やとせ》を　我が竊《ぬす》まひし

（巻十一・二八三二）

山あいの川に筌《うけ》を仕掛けておいても、しっかりと番をしていないので、俺は八年もの間、盗み続けていたよ。

筌は魚を捕らえる仕掛けである。その筌を仕掛けておきながら、持ち主がしっかりと見張りをして魚を取ろうとしていないから、俺は盗み続けていた。つまり、女房をしっかりと見ていないから、その男の妻と俺は八年もの間、浮気していたと、自慢しているのである。

次に大伴家持と大伴池主《いけぬし》との交流を見ることにする。

池主は家持が越中守であった時の下僚だが、二人の交流は二十年以上の長きにわたっている。この二人が交わした歌にどこか同性愛めいたところが見える。

家持が詠う。

……愛《は》しきよし　我が背の君を　朝去らず　逢ひて言問《ことど》ひ　夕されば
手携《てたづさ》はりて　射水川《いみづかわ》　清き河内《かふち》に　出で立ちて……
（巻十七・四〇〇六　長歌の一部）

……愛しい私の大切なあなたに、毎朝逢って言葉を交わし、夕方には手を取りあって、射水川に出かけた。その清らかな川辺に立って……（射水川は今の小矢部《おやべ》川）。

我が背子は　玉にもがもな　ほととぎす　声にあへ貫《ぬ》き　手に纏《ま》きて行《ゆ》かむ

（巻十七・四〇〇七）

私の大切なあなたは、薬玉《くすだま》であってほしい。そうであったら、ほととぎすの鳴く声を交えて薬玉に紐を通し、手に巻いて（都へ）向かいたいものだ。

「愛《は》しきよし　我が背の君」と、とても部下に対する言葉とは思えない言葉を使い、そして共に手を取りあって射水川に出かけている。二番目の歌では、都に出かける時に、あなたを薬玉にして手に付けて行きたいというのである。「薬玉」は麝《じゃ》香などの香料を玉にして錦の袋に入れ、「しょうぶ」や「よもぎ」などを結び、五色の糸を垂らしたものである。

池主もこれに唱和して詠っている。

うら恋し　我が背の君は　石竹花《なでしこ》が　花にもがもな　朝《あさ》な朝《さ》な見む

（巻十七・四〇一〇）

心から愛しいあなたが、なでしこの花であってほしいものです。そうであれば、わたしは毎朝眺めることでしょう。

また池主は「桜花　今ぞ盛りと　人は云へど　我はさぶしも　君としあらねば」（巻十八・四〇七四）（桜の花は今が盛りだと、人々は言いますが、私は寂しいのです。あなた様が一緒にいませんので）などという歌と共に手紙を家持に送っている。その手紙に池主は、「今月一四日に深見村に着きました。……私はあなたのすぐ近くに参りましたので、たちまちに愛しく想う気持ちがつのりました」と書いている（深見村は石川県河北郡津幡町か）。

これに対して、家持も応えている。

恋《こ》ふといふは　えも名づけたり　言ふすべの　たづきも無きは　我《あ》が身なりけり
（巻十八・四〇七八）

恋とはよく言ったものだ。わたしの方こそ、この気持ちをどう言い表してよいものか、わからないのだ。

このように二人が交わす歌を見てくると、二人は「同性愛」の関係にあったのではないかという感がしないでもない。或いは親しい間柄での単なる「遊び歌」であっただけかもしれない。現代の私たちから見ると、二人がお互いに相手に対し特に親しい気持ちをもっていたとしても、驚くことでもないであろう。

もう一つ、むしろ「犯罪」に近いとも言える歌を挙げることにする。

橘《たちばな》の　寺の長屋の　我が率寝《ゐね》し　童女放髪《うなゐはなり》は　髪上げつらむか

（巻十六・三八二二）

橘寺の長屋に連れてきて抱いたお下げ髪のあの少女は、もう一人前の娘になって髪を結いあげているだろうか。

童女放髪はお下髪、或いはその髪形をする幼い子供のことで、成人すると髪を結いあげた。橘寺は聖徳太子創建の寺であるが、その寺の長屋に住む僧侶が少女と寝ているのである。その男が「俺が抱いたあの子はもう一人前の大人になって、髪を結いあげているだろうか」と、詠っている。童女放髪は十歳前後の少女とのことなので（伊藤博）、今なら未成年への立派な性犯罪であろう。

九　官能的な歌

今までにも「歌垣（よばい）」や「下着の紐・下着の交換」などのところで性的な歌を見てきたが、上記の範疇に入らない官能的な歌を紹介していくことにする。

暮《よひ》に逢ひて　朝面《あしたおも》無み　隠《なばり》にか　日《け》長き　妹が廬《いほり》せりけむ

（巻一・六〇）

夕暮れに逢い、一夜を共にした妹は、翌朝、恥ずかしくて顔をかくすという、その隠《なばり》の地で、妹は幾日も仮寝をしたのだろうか。

愛を交わした後の朝、女は恥じらって、顔を隠そうとする。そんな女をいっそういじらしく、愛しく男は思うのである。太政（持統）天皇の三河行幸の際、都に留まった長皇子《ながのみこ》が行幸に供奉した妹を思って詠った歌であろうか。「隠す」は地名の隠《なばり》（三重県名張市）にかけている。

高麗錦《こまにしき》　紐解き放《さ》けて　寝《ぬ》るが上《へ》に　何《あ》ど為《せ》ろとかも　あやに愛《かな》しき

（十四・三四六五）

女の高麗錦の下紐を解いて、一緒に寝ているのにその上どうしろというのか。でもどうにもならないほど、おまえが愛しい。

高麗錦は高麗（朝鮮の王朝名）風の高級絹織物で、「あど」は「など」で「どのように」の意味、また「せろ」は「す」の命令形で東国の方言である。「紐解き放けて」は男女が裸身で相交わるさまを表している（『(新編) 日本古典文学全集　萬葉集三』）。ともかくも、男と女は激しく体を絡ませて愛し合っているのである。高級絹織物と東国の方言では、二つはイメージ的に結びつかないが、東国と「高麗」とは縁があったとのことである（『日本の歴史三「飛鳥の朝廷」』）。

馬柵《うませ》越し　麦食《は》む駒の　はつはつに　新肌《にひはだ》触れし　児ろし愛《かな》しも

（巻十四・三五三七　或る本の歌に曰《い》はく）

馬が柵越しに麦を食べるように、やっとわずかにあの子の新肌に触れることができた。あの子が愛しくてたまらない。
やっと愛しい女の新肌に触れることができた男のぞくぞくとする喜びが伝わってくる。

梓弓《あづさ》　欲良《よら》の山辺《やまへ》の　繁《しげ》かくに　妹ろを立てて　さ寝処《ねど》払ふも
（巻十四・三四八九）

（梓弓）欲良の山辺の繁みのなかに愛しいあの子を立たせておいて、私は寝床を作るために草を刈りはらうのだ（欲良は所在地不明）。

これも男の欲望を率直に詠っている。「寝処」、つまり、野外でセックスする場所を作るために、男は女を立ったまま待たせて、せっせと繁みの草を払っているのである。これから始まる「セックス」を楽しみにして、張り切っている男の顔が目に浮かぶようである。

赤見山　草根刈り除《そ》け　逢はすがへ　あらそふ妹し　あやに愛《かな》しも
（巻十四・三四七九）

赤見山の草を刈り払って、逢っているのに、今となって嫌がるおまえが、可愛いくて、可愛くてならない（赤見山は栃木県佐野市）。

草を刈り払い、野外でのセックスの準備を整えたのに、今となって恥ずかしがり、「嫌よ。嫌よ」と恋人は抵抗する。男はじらされると、反って燃えるもの。この歌にも男のセックスへの喜びが率直に顕れている。

女の方からの積極的な歌もある。

わたつみの　沖つ玉藻の　靡《なび》き寝む　早来ませ君　待たば苦しも

（巻十二・三〇七九）

（わたつみの）大海原の沖に漂う藻のように、髪を長く床になびかせ、私は靡き寄せられて、寝たい。早く来て下さい。あなた、待っているのは辛い。

女性の方から積極的に誘っていて、与謝野晶子の「やは肌の　あつき血汐に　触れも見で　さびしからずや　道を説く君」を思い起こさせる歌である。女性は控えめにして、そのような気持ちを露わに表すことが「はしたない」というのは、やはり儒教精神が強くなってきてからのものなのだろう。

十　老いらくの恋

人は「四十にして迷わず」と言うが、人間はその生涯、「煩悩」に苦しむというのが本当のところではないだろうか。

古《ふ》りにし　嫗《おみな》にしてや　かくばかり　恋に沈まむ　手童《たわらは》の如《ごと》
（巻二・一二九）

もう年を取った老女だと思っていましたのに、これほどまでに恋に沈むものでしょうか。幼女のように。

石川女郎はこの歌で自分のことを「おみな（老女）」と詠っているので、大津皇子と情熱的な歌を交わした頃とは年月がかなり経過し、四十歳前後、つまり、当時ではすでに「老女」の範疇に近づいていたかと思われる。その老女がまるで子供のように恋に沈んでいると詠っている。この歌を「ざれ歌」とする見方もあるが（伊藤博）、老いてもなお抑えることの難しい人間の性《さが》を見せている歌であると、そのまま鑑賞するのも、面白いであろう。

あづきなく　何の枉言《まがこと》　今更に　小童言《わらはこと》する　老人《おいひと》にして

（巻十一・二五八二）

ふがいなくもなんというたわ言を言うことか。老人でありながら、今更、どうして子供のようなことを言うのか。

歳を取ってもう分別がついてもいいはずなのに、理性的になれず、女性に恋文か恋の歌でも贈ったのだろう。自分の不甲斐なさを自嘲しているのである。

百年《ももとせ》に　老舌出《おいじたい》でて　よよむとも　我はいとはじ　恋は益《ま》すとも

（巻四・七六四　大伴家持）

あなたが百歳の老婆になり、歯がなくなって口から舌を出し、体がよたよたになったとしても、あなたを嫌がることなどありません。恋しさが増すことがあっても。

この歌は紀女郎《きのいらつめ》の「神《かむ》さぶと　否《いな》とにはあらね　はたやはた　かくして後に　さぶしけむかも」（巻四・七六二）（年を取ったので嫌というのではないのですが、もしやそうなってしまうと、後でやはり寂しい気持ちになるのではないかと……）への返歌である。紀女郎は家持よりも十歳以上は年上で、家持の姉かむしろ母のような存在であったと思われる。二人は親しい間柄なので、老境に入っても、このような歌のやりとりで「恋の戯れ」を楽しんでいたのかもしれない。

悔しくも　老いにけるかも　我が背子が　求むる乳母《おも》に　行かましものを
（巻十二・二九二六）

残念ながら、私はもう「おばあさん」になってしまいました。若かったら、あなたが探し求めている「乳母」になってあなたのところに行き、「乳房」を含ませてあげるのですが。

この歌はすぐ前の歌、「緑児《みどりご》の　為こそ乳母《おも》は　求むと言へ　乳飲《ち》めや君が　乳母求むらむ」（巻十二・二九二五）（赤ちゃんのために乳母を求めるというものですが、あなたは自分が飲みたくて乳母を求めているのですか）と対をなしている歌である。

この歌では「あなたは自分が吸いたくて、乳房（オッパイ）を求めているのではないのですか」と自分に言い寄る男（若い男か）をからっているか、或いはけん制しているのであるが、「二九二六番」の歌では、そんな「オッパイ」を求めてやって来る男に、自分はもう歳を取ってしまった。若かったら、乳を飲ませて（乳房を吸わせて）あげられるのに、と戯れながら「ジョーク」とも、老いてしまった自分への「自嘲」とも取れる言い方で、男をあしらっているのである。この歌にも人間の性《さが》の悲しさが表れている。

事も無く　生き来《こ》しものを　老なみに　かかる恋にも　我は遇《あ》へるかも
（巻四・五五九　大伴宿禰《すくね》百代）

これまで平穏無事に生きてきたのに、この年齢《とし》になって、このように苦しい恋をすることになるとは。

黒髪に　白《しろ》髪交じり　老ゆるまで　かかる恋には　いまだ逢はなくに
（巻四・五六三　大伴坂上郎女）

黒髪に白髪が混じるこの年齢《とし》になるまで、このように激しい恋をするとは思ってもいませんでした。

大伴百代は大宰府で大伴旅人の下僚だった。大伴坂上郎女は大伴家持の叔母であり、姑であったが、当時妻を亡くした旅人の許に赴き、家持の母代わりとなって世話をしていた。「五五九」番の歌と「五六三」番の歌はこの二人の間で交わされた歌と思われる。坂上郎女は「黒髪に白髪交じり」と詠っているが、この頃まだ三十歳代で「老女」というほど年を取っていたというわけではない。とすると、二人は家持、紀女郎と同じように、「恋の戯れ」をしていたとも思われる。しかしこのような歌が生まれるほど、「恋」というものが年齢や身分を問わず、身近なものであったのであろう。

第三部　そのほかの恋の歌

ここでは今までに言及しきれなかった「恋の歌」の歌を見ることにする。

秋の田の　穂の上《へ》に霧《き》らふ　朝霞　何処辺《いつへ》の方《かた》に　我が恋ひ止まむ

（巻二・八八）

秋の田の稲穂の上に漂っている朝霧のように、私の恋はどこへ向かって散らせばよいのであろうか。

この歌の磐姫《いはのひめ》皇后は仁徳天皇の后であるが、天皇は女性遍歴が多く、皇后は嫉妬で苦しんだとのことである。うつうつとして晴れない心を朝霧に喩えている。

我はもや　安見児《やすみこ》得たり　皆人の　得難《かて》にすといふ　安見児得たり

（巻二・九五）

私はなんと安見児を手に入れた。誰もが手に入れるのができないという安見児を手に入れた。

藤原鎌足の歌である。安見児は天皇に仕え、天皇のお手付き、つまり、妻になる可能性のある采女であった。そのため采女との恋は固く禁じられていたのであるが、鎌足はその功績で天智天皇から授かったのであろう。誰もが自分のものにしたいと願う美女を手に入れた喜びを率直に詠っている。

剣太刀《つるぎたち》　身に取り副《そ》ふと　夢《いめ》に見つ　何の兆《さが》そも　君に逢はむため
（巻四・六〇四）

剣太刀が私の体に付いた夢を見ました。何の前兆なのでしょうか。あなたに逢う前触れでしょうか。

これも笠女郎の歌である。「剣太刀」を男性のシンボルの象徴と捉える見方もあるので（中西進、大岡信など）、夢で家持に抱かれるのを願っている歌とも考えられる。

恋草《こひくさ》を　力車《ちからぐるま》に　七車　積みて恋ふらく　我が心から

恋という草を荷車の七台にも積んで、その重荷に苦しむのもみんな私の心から出たことです。

（巻四・六九四）

「恋」を大きな荷車に七台分というのが、いかにも面白い。それだけ私の恋は重いのですよ、ということだろう。

恋は今は　あらじと我は　思ひしを　何処《いづく》の恋そ　摑《つか》みかかれる

（巻四・六九五）

恋することなど、もう今はないと思っていましたのに、どこにあったのか、恋心が私につかみかかってくるのです。

穂積皇子の歌に「家にありし　櫃《ひつ》に鏁《かぎ》刺し　蔵《をさ》めてし　恋の奴のつかみかかりて」（巻十六・三八一六）（家にあった櫃（大型の箱）に鍵をかけ、しまっておいた恋の奴が抜け出てきて、私に掴みかかってくる……）というのがある。皇子は宴席での「ざれ歌」として、詠ったようである。「六九四番」歌と「六九五番」の歌はどちらも広河女王《おほきみ》の歌であるが、「六九五番」の歌の「恋が摑みかかる」というのはこの穂積皇子の歌と同じだが、「六九四番」の「恋草を力車に七車」という表現と共に、ユニークで面白い。

夢《いめ》の逢《あひ》いは　苦しかりけり　覚《おど》きて　かき探れども　手にも触れねば

（巻四・七四一）

夢だけでお逢いするのは切ないものです。はっと目が覚めてかたわらを手探るのですが、あなたの手にも触れないのです。

大伴家持が後に妻になった坂上大嬢《さかのうえのおほをとめ》に贈った歌である。大嬢への「想い」が素直に出ている歌とは思うのだが、中国唐代の『遊仙窟』という伝奇小説に同じ内容の詞章があり（『（新編）日本古典文学全集　萬葉集一』）、また既に見た巻十二の「二九一四番」の歌も同じように一人寝の寂しさを詠っている。

我が背子と　二人し居《を》れば　山高み　里には月は　照らずともよし

（巻六・一〇三九）

いとしいあなたと二人でいれるなら、高い山にかくれて月がこの里に照らなくても、かまわないわ。

作者は男性で、女の立場で詠っている。恐らく大伴家持への歌であろう。家持の「同性愛」めいた関係については、すでに言及したが、家持だとすると、これもそのように取れる歌とみることもできる。或いは「遊びの歌」と見ることもできる。それを別にしてこの歌を鑑賞すると、「月など照らなくてもいい、暗くてもかまわない。あなたと二人だけでいれるのなら」と、二人の世界への率直な愛の賛歌である。

ささ浪の　連庫山《なみくらやま》に　雲居《ゐ》れば　雨そ降るちふ　帰り来《こ》我が背
（巻七・一一七〇）

ささ浪の連庫山に雲がかると、雨が降るといいます。帰ってきて下さい。愛しい方（連庫山は琵琶湖西南岸一帯）。

愛しい人に「帰ってきてほしい」と、単純、率直に訴えていて、技巧を弄する歌よりも素直に気持ちが伝わる歌である。

道の辺《へ》の　草深百合《くさふかゆり》の　花咲《ゑみ》に　咲《ゑ》まひしからに　妻といふべしや

（巻七・一二五七）

道ばたの草深い茂みに咲いている百合の花のように、あなたに微笑《ほほ》えんだからといって、もうあなたの妻だなんて言っていいのかしら。

男でも女でも相手がにっこりと笑う「ほほえみ」には弱いもの、それで一挙に恋心が燃え上がってしまうということがある。そんな男に「愛想笑いをしただけなのに。のぼせ上がってしまわないで」と、肘鉄を食わせている。

今年行く　新島守《にひしまもり》が　麻衣《あさごろも》　肩の紕《まよひ》は　誰《たれ》か取り見む

（巻七・一二六五）

今年旅立つ防人の麻の着物が、肩のあたりでほつれている。誰が手に取って、繕ってやるのだろうか。

この歌の歌い手は女性で、防人の出征を見送っているのであろう。肩のあたりがほつれているのに気づいて、これからの旅先でそのほつれを一体誰が繕うのだろうか、と防人を思いやっている。

住吉《すみのえ》の　出見《いでみ》の浜の　柴な刈りそね　未通女等《をとめら》が　赤裳の裾の　濡れてゆく見む
（巻七・一二七四）

住吉の出見の浜の柴を刈らないでおくれ。娘さんたちの赤い裳の裾が濡れて行くのを見ようと思うので（住吉は大阪市住吉区）。

娘たちの赤い裳裾が波で濡れている。男はその裳裾に目をやり、胸をときめかせている。男心をそそる歌である。

水門《みなと》の　葦の末葉《うらば》を　誰か手折《たを》りし　我が背子が　振る手を見むと　我そ手折《た》りし
（巻七・一二八八）

湊《みなと》の葦の葉先を折ったのは誰だ。愛しいあの人が振る手を見たくて、私が折ったのさ。

旋頭歌である。民謡調の男と女の掛け合いになっている。舟と岸辺で、漁師の夫と妻、あるいは旅立つ男と妻、或いは一夜を共にした港町の遊女と男が詠い合っていている。素朴でのどかな感じがする歌である。

我が背子を　何処《いづち》行かめと　さき竹の　背向《そがひ》に寝しく　今し悔しも
（巻七・一四一二）

あなたはどこにも行くはずがないと、割いた竹のように背を向けて寝ていたが、亡くなってしまい、悔やまれてならない。

生きている時はそうとは気付かないで、相手への思いやりをつい忘れ、わがままが出てしまうもの。亡くなってしまって初めて、相手がどんなに大切な人だったのか、思い知るのである。

我が背子と　二人見ませば　幾許《いくばく》か　この降る雪の　嬉しからまし

愛しいあなたと二人でこの雪を見るのでしたなら、どんなにか嬉しいことでしょう。

（巻八・一六五八）

この歌は天武天皇と藤原夫人《ぶにん》の贈答歌（巻二・一〇三・一〇四）を意識しているとのことである（中西進）。光明皇后は聖武天皇の妃だが、天皇は行幸中で平城宮を留守にしている。皇后は一六歳で聖武天皇と結婚し、四〇年もの長い間、天皇とともにあった。皇后は仏教に篤く帰依し、東大寺、国分寺の建立を天皇に進言したと伝えられ、貧者のための「悲田院」、医療施設の「施薬院」なども設置した。また聖武天皇の愛用した品々を東大寺の盧舎那仏（大仏）に奉献し、それらの品々は正倉院に納められている。そのような皇后のやさしい人柄と天皇への深い愛が、「この雪を夫と一緒に眺めていたい」という言葉にもよく表れている。

ひさかたの　月夜《つくよ》を清《きよ》み　梅の花　心開けて　我が思へる君

（巻八・一六六一）

（ひさかたの）清らかな月の光があたりを照らすなか、梅の花が咲いている。その梅の花のように、私の心の花も開いてあなたをお慕いいたしております。

月の光と梅の花、そして恋心、後代の『古今集』や『新古今集』を思い起こさせるロマンチックな歌である。

風に散る　花橘《はなたちばな》を　袖に受けて　君が御跡《みあと》と　思《しの》ひつるかも

（巻十・一九六六）

風に散る橘の花を袖に受けて、あなたを偲ぶ思い出の名残としました。

風、花橘、去って行った愛しい人、そして袖は「涙」を思い起こさせる。人の世の移ろいやすさを詠い、趣ある歌である。

我が背子が　挿頭《かざし》の萩に　置く露を　さやかに見よと　月は照るらし

（巻十・二二二五）

私の愛しい人が髪に萩を挿している。その萩にかかっている露をはっきりと見なさいと、月は明るく照っているようだ。

愛しい恋人が髪に萩を挿していて、その萩に露がかかっている。その露が月の光の中に、小さな真珠のように明るく澄んで輝いているのである。二人は月の光の中で戯れ、遊んでいるのであろうか。夢のように美しい恋人たちの情景である。

秋萩の　咲き散る野辺《のへ》の　夕露《ゆふ》に　濡れつつ来ませ　夜《よ》は更《ふ》けぬとも

（巻十・二二五二）

野辺の夕暮れ、秋萩が咲いては散っている。お召し物が露で濡れながらであっても、お出でになって下さい。夜が更けても、お待ちしております。

これも萩と露の歌である。野辺の夕暮れ、秋萩が露に濡れている。その野原を通って、恋人が自分を訪ねて来る姿を情感豊かに思い浮かべて、詠っている。

よしゑやし　恋ひじとすれど　秋風の　寒く吹く夜《よ》は　君をしそ思ふ

（巻十・二三〇一）

ええい、どうにでもなるがいい。恋などもうしない、と思うのだけれど、秋風が寒く吹く夜はあなたのことが恋しくてつらい。

「まま」にならない恋に苦しむ歌である。この女性はもう男と別れているのだろう。もう二度と恋などしない、と忘れようとしているのだが、恋人がいない独り寝の寒い夜は、秋風が身に染み、未練が胸をしめつけるのである。

沫雪《あわ》は　千重《ちへ》に降り敷け　恋《こひ》しくの　日《け》長き我は　見つつ偲《しの》はむ

（巻十・二三三四）

淡雪よ、幾重にも降っておくれ。長い月日、あなたを恋しつづけてきたが、これからもこの雪を見ながら、偲んでいきます。

あの人が来なくなって、もう長い月日が経つ。ぽつねんと一人、淡雪を眺めていると、恋の日々がなつかしく思い出される。これから幾日も幾日も私はあの人を想い、恋い慕っていく。

朝影に　我が身はなりぬ　玉かぎる　ほのかに見えて　去《い》にし子ゆゑに

（巻十一・二三九四）

朝の光がつくる細長い影のように私はやせ細ってしまった。（玉のように輝いて）ほんのひと時逢っただけで、去っていったあの人を想いつづけて。

巻十二の「三〇八五」に同じ歌が出ている。あの人に逢って、私の胸に恋の炎が燃え上がった。だがほんのひと時、光り輝くように逢っただけで、あの人は姿を消してしまった。私はどうしたらよいものか、なすすべを知らず、痩せ細るばかり……。

待つらむに　到らば妹が　嬉しみと　笑《ゑ》まむ姿を　行きて早見む

（巻十一・二五二六）

待っていることだろう。そちらに着いたら、あの子は嬉しくて微笑むだろうから、その姿を早く行って見たいものだ。

ほほえましい情景である。睦まじい二人の仲が「ほほえみ」を浮かべて待つ女の姿に象徴されている。

「見む」は「実質は共寝をしたい、の意」とのことである（伊藤博）。

独《ひと》り寝《ぬ》と　薦朽《こもく》ちめやも　綾席《あやむしろ》緒になるまでに　君をし待たむ

（巻十一・二五三八）

ひとりで寝ていても、薦を敷いた寝床が傷むということがあるでしょうか。でも私は綾織りの敷物が擦り切れて紐になるほどに、あなたをお待ちしております。

ひとりで寝ていても薦の寝床が傷むということはない。あなたと一緒に寝るために用意した上等な綾織りの敷物が紐になるぐらい長い時間がかかっても、私はあなたを待ちつづけるというのである。しかしこの歌は、二人が夜を共にすれば、立派な綾の敷物の寝床であっても、擦り切れて傷むであろうということを言外に含んでいる濃厚な歌であるとのことである（上野誠）。

燈《ともしび》の　影にかがよふ　うつせみの　妹が笑《ゑ》まひし　面影に見ゆ

（巻十一・二六四二）

この世の人であった時のあなたのほほえむ顔が、燈火のきらめき揺れる光の中に面影となって浮かんでくる。

あの恋しい人はもうこの世にはいない。だがその人の姿かたちが幻影となって、ともしびの中に浮かんでくるのである。微笑みということでは「二五二六番」の歌と同じモチーフだが、こちらの歌では今は亡き人の姿を揺らめくあかりの中に想い浮かべているだけに幻想的であり、夢現の世界へと誘い込んでいく。

神名火《かむなび》に　神籬《ひもろき》立てて　斎《いは》へども　人の心は　守《まも》り敢《あ》へぬもの

（巻十一・二六五七）

神が降臨する山に神の御座所のひもろきを立てて、祭り、祈っても、人の心は変わりやすく、守り切れないものよ。

「ひもろき」は神社以外のところで、神の御座所として植えた常緑樹である。そこで恋に悩む男女が身を慎んで神に祈り、願うのだが、人の心は変わりやすく、恋人の心を自分に繋ぎとめておくことができない、と詠っている。人の心が変わりやすいのは、昔も今も変わらない。

玉敷ける　家《いへ》も何せむ　八重葎《むぐら》　おほへる小屋《をや》も　妹とし居《を》らば

（十一・二八二五）

美しい玉石を敷いた家が何になるのというのだろう。たくさんのつる草で覆われた粗末な小屋であっても、愛しいおまえと一緒でいるなら、それで満足だ。

幸せは恵まれた富ではなく、貧しくても二人の愛があれば、それで十分だということ。巻六の「一〇三九番」の歌に比べれば、ロマンチックな歌とは言えないが、単純素朴に「二人に愛さえあれば」と詠っている。しかし富や地位、名声などに振りまわされ、惑わされるのは今も昔も変わらない現実で、多くの「ドラマ」が生まれる所以であろう。

八釣川《やつりがは》　水底《みなそこ》絶えず　行く水の　続《つ》ぎてそ恋ふる　この年頃《としころ》を

（巻十二・二八六〇）

八釣川の水底を絶えることなく流れて行く水、その水のように絶えることなく、私はこの年月、恋いしつづけています（八釣川は奈良県高市郡の明日香村八釣山の麓を流れる小川）。私の恋心は川面《かわも》にあるのではない。人目につかない川底深く絶え間なく流れていく水のように、心の奥底に流れている。深い想いの恋心を表している歌である。

霞《かすみ》立つ　春の長日《ながひ》を　奥処《おくか》なく　知らぬ山道《やまぢ》を　恋ひつつか来《こ》む

（巻十二・三一五〇）

霞が立ちこめている春の長い一日、知らない山道を果てしなくあの人を恋い慕って歩き続けるのだろうか。

霞立つほのかな春の日のように、私の恋心は淡く、とめどなくつづいている。「ぼんやり」とではあるが、尽きることのない恋心をどこかもの憂い霞立つ春の日の情景に結びつけている。

多麻川に　曝《さら》す手作《てづくり》　さらさらに　何《なに》そこの児の　ここだ愛《かな》しき

（巻十四・三三七三）

多摩川の水でさらす手織りの布ではないが、さらにさらにどうしてこの子がこんなにも愛《いと》しいのだろう。

有名な東歌である。多摩川は東京都西多摩郡の奥に発する川で、その川べりは「調」のための布の産地であった。「調」は当時の租税制度で、布などを納入する人頭税であった。そこから「調布」の地名が今も残っている。同音を重ねて、何度抱いても愛しさが尽きない、という男心を詠っている（伊藤博）。次の「三四〇四」番の歌ほど直接的ではないが、やはり東国の率直な歌いぶりが表れている歌である。

上野《かみつけの》　安蘇《あそ》の真麻群《まそむら》　かき抱《むだ》き　寝《ぬ》れど飽かぬを　何《あ》どか我《あ》がせむ

（巻十四・三四〇四）

上野の安蘇の群生している麻をしっかり抱《かか》え込むように、おまえをかき抱いて寝るのだが、まだ満たされない。どうしたらいいのだろう（安蘇は栃木県佐野市）。

麻をしっかりとかかえて体を後ろに倒して抜く農作業の動作から、女を抱き抱える様を想像していて、東国人のたくましい「性愛」を感じさせる歌である。

紅《くれなゐ》は　移ろふものそ　橡《つるばみ》の　馴れにし衣《きぬ》に　なほ及《し》かめやも

（巻十八・四一〇九）

紅の色は美しいが、すぐ色あせてしまうものだ。きれいな着物であっても、地味な橡《つるばみ》色に染めた着なれた着物にやはり及ぶものではないのだ。

大伴家持の下僚である史生尾張少咋《ししやうをはりをくひ》が遊女に心を奪われた時に、家持が諭した歌である。家持が部下の「女性問題」に訓戒を垂れている姿に、昔も今も変わらない恋のトラブル模様を見る思いがする。

この頃《ころ》の　我が恋力《こひぢから》　記《しる》し集《つ》め　功《くう》に申《まを》さば　五位《ごゐ》の冠《かがふり》

（巻十六・三八五八）

この頃の私が恋にかけた努力を記録し、集めて、その功績を役所に申し出たら、「五位」の位にはなるだろう。

「五位の冠」というのは、天皇のいる清涼殿に上がることを許された殿上人で、憧れの地位であった。一方ならず、私は恋に力を尽くしてきた。この努力は「五位」の位に値するだろうと言うのであるが、「恋」と「位階」とは関係のないことである。それでもそのような高い地位に昇るほどに粉骨砕身、恋に尽力してきたと言い張っているところが、この歌の面白さであろう。

あとがき

様々な「恋模様」を見てきた。それも今まであまり直接的に触れることが少なかった官能的な歌にかなり力点を置いて述べてきた。『万葉集』は実に多種多様、多彩である。本書では「恋」が中心なので、「恋」以外の歌にあまり言及しなかったが、最後にそのような歌について、若干、述べることにする。

例えば、次のような歌がある。

さし鍋に　湯沸かせ子ども　櫟津《いちひつ》の　檜橋《ひばし》より来《こ》む　狐《きつね》に浴《あ》むさむ

（巻十六・三八二四）

さあ、みんな、さし鍋に湯を沸かしなさい。櫟津の檜の橋を渡って「コン」（来む）と鳴いて来る狐に湯をあびせてやろう（櫟津は大和郡郡山市櫟枝町・天理市櫟本町あたり）。

宴会の席であろう。その席でこの歌の作者である長忌寸意吉麿《ながのいみきおきまろ》に、一同は「ここにある饌具《せんぐ》

（飲食に関係した器物）、狐の声、河、橋を入れて、一首詠め」と求め、意吉麿は即座にこの歌を作ったとのことである。物の名前を詠みこんだいわゆる「言葉遊び」の歌であるが、一座は大いに盛り上がったことであろう。

蓮葉《はちすば》は　かくこそあるもの　意吉麿《おきまろ》が　家なるものは　芋《うも》の葉にあらし

（巻十六・三八二六）

蓮の葉というのはこのようなもの。意吉麿の家にあるのは芋の葉っぱのようなもののようです。

これも宴席の歌であろう。この家では立派な蓮の葉を食器に使っている。それに比べれば、我が家では芋の葉っぱを使っていますよ、と述べて、この家の女性たちを「美女」と褒めたたえ、自分の妻は「芋ばあさん」ですよ、とへりくだっているのである。宴席はどっと沸いたことであろう。

『万葉集』には優雅で格調の高い歌から官能的な歌、そしてこのような「宴席」での俗な「遊びの歌」などもあり、実に多彩で、万人の心を共感させる力をもつ歌集であると言える。

そして本書で見てきた「恋の道」も果てしない。その果てしなく続く恋の道を歩むということは、詰まる所、生きとし生けるものの本能ではあるのだが、それはまた命そのものにまつわりつく「はかなさ」が根本にあるからであろう。

我《あ》が恋は　まさかもかなし　草枕　多胡《たご》の入野《いりの》の　奥もかなしも
（巻十四・三四〇三）

私の恋は今のこの時も悲しい。（草を枕の）多胡の山裾《やますそ》の奥までも悲しい（多胡は高崎市吉井町多胡）。

恋は「孤悲」と書く用例が『万葉集』に見られるとのことである（『古代和歌集点描』）。「恋の道」は行く先々も寂しく、悲しい。そしてその「悲哀」は生命のあるかぎり、続く。行く末の奥の奥まで悲しく、見通しがつかないのである。

巻向《まきむく》の　山辺《やまへ》とよみて　行く水の　水沫《みなわ》のごとし　世の人我は
（巻七・一二六九）

巻向山の山辺を響き渡らせて流れていく川、その川の水沫のようなものだ。この世の私は（巻向山は桜井市三輪の東北にある山）。

隠口《こもりく》の　泊瀬《はつせ》の山に　照る月は　盈仄《みちかけ》しけり　人の常無き
（巻七・一二七〇）

（隠口の）泊瀬の山に照る月は、満ちたり欠けたりしている。人の命も常しえに続くものではないのだ。泊瀬はまた古来から埋葬の地とのことである（中西進）。

これらの歌は、『方丈記』や『平家物語』の冒頭の言葉を思い起こさせる。

ゆく河の流れは絶えずして、しかももとの水にあらず。よどみに浮かぶうたかたは、かつ消えかつ結びて、久しくとどまりたるためしなし。世中《よのなか》にある人と栖《すみか》と、又かくのごとし。

祇園精舎の鐘の声、諸行無常の響きあり。婆羅《しゃら》双樹の花の色、盛者必衰《じょうじゃひっすい》のことわりをあらはす。

大伴旅人も「世の中は　空《むな》しきものと　知る時し　いよよますます　かなしかりけり」（巻五・

七九三）（この世の中がむなしいものと知った時こそ、いよいよますます悲しい）と詠っている。「空しい」ということを本当に思い知った時、「悟り」の境地に達して、心は軽くなるのかと思うのだが、そうではなく、いよいよもって「悲しみ」が深くなるというのである。

『万葉集』には「恋の歌」が非常に多く、男も女も相手に「想いの丈」を尽くしている。前述したように、これは「命」というものが実にはかないものだという実感から出てきていると思われる。昔は今の時代のように「医療」は進んでおらず、人は簡単に死んでいく。旅にしても、現在の旅と違って一度別れると、永遠の別れになる可能性が大きかった。それだけに「占い」や「まじない」また「俗信」などに頼り、「霊魂」の存在を信じたのである。「生命」がはかないだけに「生命」への執着心は強く、そして大きかった。「セックス」にしても、興味本位というよりも生命の大切な営みであり、出産は生産であり、喜ぶべきことであったと思われる。

また先ほどの大伴旅人の七九三番の歌の「かなしさ」には、悲哀の気持と共に、「愛《いと》しさ」も含んでいるとのことである（中西進）。男と女の恋を初めとして、人の命の営みには寂しさ、悲しさ、空しさが常に付きまとうのだが、またかぎりなく「愛《いと》おしい」のである。そして「愛おしさ」は「悲しさ」や「空しさ」を越えて、生命を過去から現在、そして未来へとつないでいく。そのように思い至る時、歌は「祈り」にも似る。さまざまな思い、喜びや悲しみ、怒りや願いなど、様々な心のありようを私たちは歌に託し、込めるのである。私たちは自らに与えられた生命をそれぞれの運命、時代の中で、精一杯に生きて行く。万葉集の様々で多様な歌は、私たちにそのことを示してくれているのではないだろうか。

世間《よのなか》を　憂しとやさしと　思へども　飛び立ちかねつ　鳥にしあらねば
（巻五・八九三）

世の中は辛いこと、深く恥じ入ることばかりと思うのだが、飛び去ることはできない。鳥ではないのだから。

本書では「雑歌」や「挽歌」などの名歌には残念ながらあまり言及できなかった。千二百年以上も前の歌なので、勿論、現代の私たちの考えや感覚と大いに違っているところは多々ある。しかしまた長い歴史を通して綿々と現代につながっていて、むしろ私たちの感覚に近いところも多くある。『万葉集』の優美で高雅な歌から、大胆、率直かつ赤裸々な歌まで、恋の歌を中心に述べてきたが、この多様な『万葉集』の世界の一端を少しでも紹介することができていれば、筆者の望外の喜びとするところである。

最後にこの本を書く動機について述べさせていただく。

「北海道新聞小樽文化センター」での中島洋史先生が指導する「万葉集講座」である。先生のご指導の下、私たち受講生は、和気あいあいと月に二回、『万葉集』を楽しんでいる。先生と受講生はすでに「万葉旅行」も行っている。前もって訪ねる予定の『万葉集』ゆかりの土地の事を勉強し、訪ね歩いた。そしてこの秋には二度目の万葉旅行も計画している。今まで筆者は日本古典文学とはまったく無縁であった。しかしこの講座を通して『万葉集』の多彩な世界に引き込まれ、人生の終着点を迎える前に何か『万葉集』についてまとまったものを残したいと思い、これを書くに至った。中島先生はじめ、受講生の仲間に筆者の浅学菲才をお詫び申し上げ、また心からの感謝を申し上げたい。特に中島先生は筆者の拙い原稿に目を通していただき、沢山の貴重なご助言をしていただいた。心からの感謝を捧げる。

また「新型コロナウイルス」の世界的な蔓延で、私個人の生活も何かと不便となり、図書館の閉館などもあって資料を調べるのにも大きな支障をきたした。しかしどうにか出版にこぎつけることができ、今は一日も早くこの大災害の終息を祈るばかりである。

令和二年五月吉日

本文の引用には『万葉集』全訳注原文付（一）（二）（三）（四）（中西進、講談社）を主に使用したが、これに加えて『新訓　万葉集』上・下（佐々木信綱編、岩波文庫）、『新編及び新編の付かない日本古典文学全集　萬葉集一～四、風土記五』（小学館）、『萬葉集釋注』一～十、（伊藤博、集英社）などを適宜参照した。

参考文献

『万葉集』の参考文献は非常にたくさんあるので、主に利用した本を挙げることにする。

一　『万葉の秀歌』上・下　中西進　講談社現代新書
二　『私の万葉集』（一）（二）（三）（四）（五）大岡信　講談社現代新書
三　『古代の恋愛生活』古橋信孝　ＮＨＫブックス
四　『えろまん』大塚ひかり　新潮社
五　『防人の歌は恋の歌』山本藤枝　立風書房
六　『われ恋ひめやも』吉野正美　偕成社
七　『万葉集』森淳司・俵万智　新潮社

八　『万葉の歌人たち』上・下　岡野弘彦　日本放送協会
九　『小さな恋の物語』上野誠　小学館
十　『万葉の恋歌』堀内民一　創元社
十一　『万葉の世界』中西進　中公新書
十二　『万葉の女たち男たち』石丸晶子　講談社
十三　『古代和歌集点描　恋心を孤悲と詠む万葉びと』長友文明　文房　夢類
十四　『日本古典文学大系　５　万葉集』岩波書店
十五　『日本古典文学大系　６９　懐風藻』岩波書店
十六　『藤氏家伝』筑摩書房
十七　『日本の歴史　三』小学館

恋に生きる万葉歌人　索引

ア行

暁《あかとき》と　鶏《かけ》は鳴くなり（十一・二八〇〇）　63
茜《あかね》さす　昼は物思《も》ひ（十五・三七三二）　69
あかねさす　紫野行き（一・二〇）　37
赤見山　草根刈り除《そ》け（十四・三四七九）　103
我《あ》が面《おも》の　忘れむ時《しだ》は（十四・三五一五）　34
我が恋は　まさかもかなし（十四・三四〇三）　132
秋の田の　穂向きの寄れる（二・一一四）　45
秋の田の　穂の上《へ》に霧《き》らふ（二・八八）　110
秋萩の　咲き散る野辺《のへ》の（十・二二五二）　120
朝寝《い》髪　我は梳《けづ》らじ（十一・二五七八）　30
朝影に　我が身はなりぬ（十一・二三九四　十二・三〇八五）　122

朝烏《からす》　早くな鳴きそ（十二・三〇九五）　12
朝霧の　おほに相見し（四・五九九）　86
足柄の　御坂《みさか》に立《た》して（二十・四四二三）　53
蘆屋《あしのや》の　菟原処女《うなひをとめ》は（九・一八〇九）（意訳）　48
あしひきの　山路越えむと（十五・三七二三）　57
あしひきの　山のしづくに（二・一〇七）　42
あづきなく　何の枉言《まがこと》（十一・二五八二）　106
梓弓《あづさ》　欲良《よら》の山辺《やまへ》の（十四・三四八九）　103
崩岸《あず》の上に　駒をつなぎて（十四・三五三九）　91
逢はなくは　然《しか》もありなむ（十二・三一〇三）　54
逢はむとは　千遍《ちたび》思へど（十二・三一〇四）　55
逢はむ日を　その日と知らず（十五・三七四二）　58
相思《あひおも》はず　君はいませど（十二・二九三三）　80
相思はぬ　人を思ふは（四・六〇八）　87
天の川　川門《かはと》に立ちて（十・二〇四八）　22

天地《あめつち》に　すこし至らぬ（十二・二八七五）　68
天《あめ》の海に　雲の波立ち（七・一〇六八）　5
あらたまの　年の経《へ》ぬれば（四・五九〇）　29
沫《あわ》雪は　千《ち》重《へ》に降り敷け（十・二三三四）　121
我《あ》を待つと　君が濡れけむ（二・一〇八）　42
息の緒《を》に　我が息づきし（十二・三一一五）　91
家にありし　櫃《ひつ》に鏁《かぎ》刺し（十六・三八一六）　112
伊勢の白水郎《あま》の　朝な夕《ゆふ》なに（十一・二七九八）　79
古《いにしへ》に　在りけむ人の（三・四三一）　10
磐代《いはしろ》の　浜松が枝を（二・一四一）　7
家《いは》ろには　葦火《あしふ》焚《た》けども（二十・四四一九）　60
石見《いはみ》のや　高角山《たかつのやま》の（二・一三二）　26
夢《いめ》に見て　衣を取り（十二・三一一二）　56
妹が見し　楝《あふち》の花は（五・七九八）　69
妹に逢はず　久しくなりぬ（十七・四〇二八）　33

夢《いめ》の逢《あひ》は　苦しかりけり（四・七四一）　113
色深《いろぶか》く　背なが衣《ころも》は（二十・四四二四）　54
うち延《は》へて　思ひし小野は（十三・三二七二）　83
愛《うつく》しと　思ふ我妹《わぎも》を（十二・二九一四）　66
愛しと　思へりけらし（十一・二五五八）　24
うつくしと　我が思ふ妹は（十一・二三五五）　82
うつせみの　現《うつ》し心も（十二・二九六〇）　68
うつせみの　常の言葉と（十二・二九六一）　72
うつせみの　人目を繁《しげ》み（十二・三一〇七）　74
うつそみの　人にある我や（二・一六五）　7
采女《うねめ》の　袖吹きかえす（一・五一）　6
卯の花の　咲くとは無しに（十・一九八九）　79
馬の音の　とどともすれば（十一・二六五三）　62
馬柵《うませ》越し　麦食《は》む駒の（十四・三五三七　或る本の歌に曰《い》はく）　102
うら恋し　我が背の君は（十七・四〇一〇）　98

後れ居て　恋ひつつあらずは（二・一一五）　35・46
思ふにし　余りにしかば（十二・二九四七）　29
思ひつつ　をれば苦しも（十二・二九三一）　18
大名児《おほなご》が　彼方《をちかた》野辺に（二・一一〇）　43
凡《おほ》ならば　かもかも為《せ》むを（六・九六五）　52
大船《おほふね》の　津守《つもり》が占に（二・一〇九）　43
おほらかに　我し思はば（十二・二九〇九）　90

カ行

帰りける　人来《き》たれりと（十五・三七七二）　59
香久山《かぐやま》は　畝傍《うねび》を（一・一三）　36
香久山と　耳梨山と（一・一四）　37
霞《かすみ》立つ　春の長日《ながひ》を（十二・三一五〇）　126
風に散る　花橘《はなたちばな》を（十・一九六六）　119
上野《かみつけの》　安蘇《あそ》の真麻群《まそむら》（十四・三四〇四）　127

神樹《かむき》にも　手は触《ふ》るとふを（四・五一七）　95
神《かむ》さぶと　否《いな》とにはあらね（四・七六二）　107
神名火《かむなび》に　神籬《ひもろき》立てて（十一・二六五七）　124
君が行く　海辺《うみへ》の宿に（十五・三五八〇）　34
君が行く　道のながてを（十五・三七二四）　57
君は来ず　我は故《ゆゑ》無く（十二・三〇二六）　10
君に恋ひ　甚《いた》も術《すべ》なみ（四・五九三）　86
君待つと　我が恋ひをれば（四・四八八　八・一六〇六）　64
草枕　旅の丸寝の（二十・四四二〇）　60
草枕　旅行く君を（十二・三一八四）　76
悔しくも　老いにけるかも（十二・二九二六）　107
黒髪に　白《しろ》髪交じり（四・五六三）　108
紅《くれなゐ》は　移ろふものぞ（十八・四一〇九）　128
今朝《けさ》の朝明《け》　雁が音《ね》聞きつ（八・一五一三）　47
情《こころ》ゆも　我《あ》は思《も》はざりき（四・六〇一）　87

事しあらば　小泊瀬山《をはつせ》の（十六・三八〇六）　73
今年行く　新島守《にひしまもり》が（七・一二六五）　115
言《こと》しげき　里には住まずは（八・一五一五）　47
事も無く　生き来《こ》しものを（四・五五九）　108
恋草《こひくさ》を　力車《ちからぐるま》に（四・六九四）　111
恋ひ恋ひて　逢へる時だに（四・六六一）　71
恋ひつつも　今日《けふ》はあらめど（十二・二八八四）　11
恋ふといふは　えも名づけたり（十八・四〇七八）　99
恋は今は　あらじと我は（四・六九五）　112
この頃《ころ》の　我《あ》が恋力《こひぢから》（十六・三八五八）　128
高麗剣《こまつるぎ》　我が心から（十二・二九八三）　80
高麗錦《にしき》　紐解き放《さ》けて（十四・三四六五）　102
隠口《こもりく》の　泊瀬《はつせ》の山に（七・一二七〇）　133
隠口の　泊瀬小国《をぐに》に（十三・三三一二）　13

サ行《ぎょう》

桜花　今そ盛りと（十八・四〇七四）　99
ささ波の　連庫山《なみくらやま》に（七・一一七〇）　114
さし焼かむ　小屋《をや》の醜屋《しこや》に（十三・三二七〇）　89
さし鍋に　湯沸かせ子ども（十六・三八二四）　130
里人も　語り継ぐがね（十二・二八七三）　77
磯城島《しきしま》の　日本《やまと》の国は（十三・三二五四）　28
菅《すが》の根の　ねもころごろに（十二・二八五七）　68
験《しるし》なき　恋《こひ》をもするか（十一・二五九九）　88
すべもなき　片恋をすと（十二・三一一一）　55
住吉《すみのえ》の　出見《いでみ》の浜の（七・一二七四）　116
駿河の海　磯辺《おしへ》に生《お》ふる（十四・三三五九）　17

タ行

立ちて思ひ　居《ゐ》てもそ思ふ（十一・二五五〇）　18

橘《たちばな》の　寺の長屋の（十六・三八二二）　100
橘の　花散る里の（八・一四七三）　80
魂《たま》合はば　相寝《あいぬ》るものを（十二・三〇〇〇）　16
多麻川に　曝《さら》す手作《てづくり》（十四・三三七三）　126
玉敷ける　家《いへ》も何せむ（十一・二八二五）　125
たらちねの　母が手放れ（十一・二三六八）　17
たらちねの　母に障《さや》らば（十一・二五一七）　16
誰《たれ》そこの　屋の戸押そぶる（十四・三四六〇）　93
誰そこの　我が屋戸に来喚《よ》ぶ（十一・二五二七）　15
玉垂れの　小簾《をす》の隙《すけき》に（十一・二三六四）　14
千鳥鳴く　佐保の河瀬《かはせ》の（四・五二六）　51
塵泥《ちりひぢ》の　数にもあらぬ（十五・三七二七）　58
月立ちて　ただ三日月の（六・九九三）　31
筑紫《つくし》なる　にほふ児ゆゑに（十四・三四二七）　96
月夜《つくよ》よみ　門《かど》出でたち（十二・三〇〇六）　32

海石榴市《つばいち》の　八十《やそ》の衢《ちまた》に（十二・二九五一）　21
剣《つるぎ》　太刀《たち》　身に取り副《そ》ふと（四・六〇四）　111
遠き山　関も越え来《き》ぬ（十五・三七三四）　59
燈《ともしび》の　影にかがよふ（十一・二六四二）　123

ナ行
嘆きつつ　大夫《ますらをのこ》の（二・一一八）　30
夏の野の　繁みに咲ける（八・一五〇〇）　78
鳰鳥《にほどり》の　葛飾早稲《わせ》を（十四・三三八六）　94
ぬばたまの　黒髪敷きて（十一・二六三一）　30
ぬばたまの　我が黒髪を（十一・二六一〇）　30
ねもころに　思ふ我妹を（十二・三一〇九）　75

ハ行
・・・愛《は》しきよし　我が背の君を（十七・四〇〇六　長歌の一部）　97

蓮葉《はちすば》は　かくこそあるもの（十六・三八二六）131
はね縵《かづら》今する妹が（十一・二六二七）23
春の苑　紅《くれなゐ》にほふ（一九・四一三九）6
春の野に　霞たなびき（一九・四二九〇）5
晩蟬《ひぐらし》は　時と鳴けども（十・一九八二）67
ひさかたの　月夜《つくよ》を清み（八・一六六一）118
他国《ひとくに》に　結婚《よばひ》に行きて（十二・二九〇六）13
人言《ひとごと》の　繁《しげ》くしあらば（十二・三一一〇）75
人言の　讒《よこ》すを聞きて（十二・二八七一）77
他辞《ひとごと》を　繁《しげ》み言痛《こちた》み（四・五三八）76
人言《ひとごと》を　繁み言痛み（二・一一六）46
人妻と　何《あぜ》かそをいはむ（十四・三四七二）92
人妻に　言ふは誰《た》が言《こと》（十二・二八六六）93
人に見ゆる　表《うへ》は結びて（十二・二八五一）24
独《ひと》り寝《ぬ》と　薦朽《こもく》ちめやも（十一・二五三八）123

独り宿《ね》て　絶えにし紐を（四・五一五）　70
二つなき　恋をしすれば（十三・三二七三）　83
二人して　結びし紐を（十二・二九一九）　22
古りにし　嫗《おみな》にしてや（二・一二九）　105
降る雪は　あはにな降りそ（二・二〇三）　48

マ行

巻向《まきむく》の　山辺《やまへ》とよみて（七・一二六九）　132
大夫《ますらを》と　思へる我や（六・九六八）　53
大夫や　片恋ひせむと（二・一一七）　81
待つらむに　到らば妹が（十一・二五二六）　122
窓越しに　月押し照りて（十一・二六七九）　65
眉根《まよね》掻き　鼻ひ紐解け（十一・二四〇八）　31
道の辺《へ》の　草深百合《くさふかゆり》の（七・一二五七）　115
皆人《みな》を　寝よとの鐘《かね》は（四・六〇七）　63

緑児《みどりご》の　為こそ乳母《おも》は（十二・二九二五）　107
水門《みなと》の　葦の末葉《うらは》を（七・一二八八）　116
み吉野の　水隈《みぐま》が菅《すげ》を（十一・二八三七）　72
むしぶすま　柔《なご》やか下に（四・五二四）　51
紫草《むらさき》の　にほえる妹を（一・二一）　38
ももづたふ　磐余《いはれ》の池に（三・四一六）　44
百年《ももとせ》に　老舌《おいじたい》出でて（四・七六四）　106

ヤ行

八釣川《やつりがは》　水底《みなそこ》絶えず（十二・二八六〇）　125
山川《やまがは》に　筌《うへ》をし伏せて（十一・二八三二）　96
楊《やなぎ》こそ　伐《き》れば生《は》えすれ（十四・三四九一）　82
山振《やまぶき》の　立ち儀《よそ》ひたる（二・一五八）　40
夕占《ゆふけ》にも　今夜《こよひ》と告《の》らろ（十四・三四六九）　32
よしゑやし　恋ひじとすれど（十・二三〇一）　120

世の中は　空《むな》しきものと（五・七九三）　133
世間《よのなか》を　憂しとやさしと（五・八九三）　135
夜のほどろ　我が出でて来《く》れば（四・七五四）　12
暮《よひ》に逢ひて　朝面無《あしたおも》み（一・六〇）　101

ワ行

我が岡の　龗《おかみ》に言ひて（二・一〇四）　50
我が形見　見つつ思《しの》はせ（四・五八七）　85
我が情《こころ》　焼くも我なり（十三・三二七一）　90
我が恋は　慰めかねつ（十一・二八一四）　28
我が里に　大雪降れり（二・一〇三）　50
我が背子が　挿頭《かざし》の萩に（十・二二二五）　119
我が背子が　言《こと》うつくしみ（十二・二三四三）　14
我が背子が　袖返す夜の（十一・二八一三）　27
我が背子が　使《つかひ》を待つと（十一・二六八一）　61

我が背子と　二人し居《を》れば（六・一〇三九）113
我が背子と　二人見ませば（八・一六五八）117
我が背子は　玉にもがもな（十七・四〇〇七）98
我が背子は　物な思ひそ（四・五〇六）73
我が背子を　何処《いづち》行かめと（七・一四一二）117
我が背子を　今か今かと（十・二三二三）62
我が屋戸《やど》の　いささ群竹（十九・四二九一）6
我が故《ゆゑ》に　いたくな侘びそ（十二・三一一六）91
別れなば　うら悲《がな》しけむ（十五・三五八四）25
我妹子《わぎもこ》が　形見の衣《ころも》（四・七四七）25
我妹子に　恋ひすべ無かり（十二・三〇三四）66
我妹子に　恋ひてすべなみ（十二・二八一二）27
鷲の住む　筑波の山の（九・一七五九）19
わたつみの　沖つ玉藻の（十二・三〇七九）104
我はもや　安見児《やすみこ》得たり（二・九五）110

著者紹介

加納邦光

一九四〇年　北海道室蘭に生まれる。

北海道大学名誉教授

著書　『ビスマルク』清水書院

『ヴォルフガング・ボルヒェルト　―その生涯と作品―』鳥影社

訳書　『ビスマルク伝　第六巻』エーリッヒ・アイク著　ペリカン社

論文　「リリーからの逃走」

「クライストの書簡と小説および小論に見る他者理解」

「日本の教育とドイツ語圏の教育から生じるコミュニケーション・ギャップ」など。

恋に生きる万葉歌人
―高雅な歌から官能的な歌まで―

二〇二〇年九月十日　初版第一刷発行

著　者　加納邦光
発行者　谷村勇輔
発行所　ブイツーソリューション
〒四六六・〇八四八
名古屋市昭和区長戸町四・四〇
電　話　〇五二・七九九・七三九一
ＦＡＸ　〇五二・七九九・七九八四
発売元　星雲社（共同出版社・流通責任出版社）
〒一一二・〇〇〇五
東京都文京区水道一・三・三〇
電　話　〇三・三八六八・三二七五
ＦＡＸ　〇三・三八六八・六五八八
印刷所　モリモト印刷

ISBN978-4-434-27860-0